Laurent Gourmelon

Aconit mortel

Société des Écrivains

Sur simple demande adressée à la Société des Écrivains,
14, rue des Volontaires – 75015 Paris,
vous recevrez gratuitement notre catalogue
qui vous informera de nos dernières publications.

Texte intégral

6

Vendredi 19 mai 2006

« À quoi est due la mort, docteur ? »

La question est classique, je l'ai entendue maintes fois, dans diverses circonstances. La cause est toujours la même, un arrêt des fonctions vitales, résultant d'une cessation d'activité du cœur, moteur de la vie.

— Visiblement de mort naturelle, réponds-je d'un ton monocorde.

L'homme était âgé, doté d'une santé fragile. De plus, sa femme était décédée quelques semaines auparavant. Je pense qu'il a dû se laisser aller ces derniers temps. Je suis presque convaincu qu'il ne prenait plus régulièrement ses cachets pour soigner son cœur malade.

Je ne dis rien de tout cela, d'une part le secret médical m'encourage à ne pas divulguer mes pensées, d'autre part, elles n'ont aucune incidence sur la marche à suivre.

Le gendarme prend le certificat de décès que je viens de rédiger et signer, me remercie et me dit en partant de passer le bonjour à ma femme, toujours en congé maternité. Il est un peu froid, mais tout de même sympathique. Grand et bien portant, affichant une quarantaine bedonnante, il aborde le sujet avec la gravité nécessaire et suffisante dans ce genre de circonstances.

Je prends ma sacoche à la main, m'apprête à partir, fatigué par une longue semaine de travail et une nuit difficile pour cause de garde biberon. Je me retourne une dernière fois sur la dépouille de ce vieil homme, un patient gentil, comme beaucoup de patients de sa génération, respectueux envers le médecin, rarement exigeant.

Ils avaient, sa femme et lui, toujours le même rituel charmant quand moi, le médecin, je passais. Le billet de cinquante euros posé sur la table, coincé par le vase éternellement garni d'un bouquet de fleurs fraîchement cueillies dans le jardin, comme pour ne pas oublier de régler la visite. Les anciennes ordonnances étaient classées par ordre chronologique, une pile pour madame, une pour monsieur. Ils faisaient cela pour éviter au médecin d'avoir à chercher dans ses dossiers, avec ça, pas de possibilités d'oublier le moindre médicament dans la liste. Très souvent le tout accompagné d'une petite note, pense-bête pour signifier les maux à signaler.

La consultation était rythmée par la légendaire prise de tension artérielle, indispensable et inévitable, les patients inquiets à l'idée qu'elle puisse ne pas être correcte. Puis l'auscultation attentive des bruits du cœur, ces vieux cœurs fatigués par tant d'années de labeur. Enfin, le stéthoscope posé sur le haut du dos, à la recherche d'une anomalie pulmonaire. Parfois un coup d'œil sur les jambes pour y traquer les marques d'un ulcère ou d'œdèmes, témoins d'une insuffisance cardiaque.

C'est toujours ainsi que cela se déroule chez les vieux. Je dis toujours « les vieux », et rarement « personnes âgées », cela n'a rien de péjoratif, bien au contraire. C'est insultant de les qualifier de « personnes âgées ». Ce qui est péjoratif c'est justement de ne pas dire les mots tels qu'ils sont, remplis de leur sens profond. Ces patients sont « vieux », c'est un fait, pas une insulte. Lorsque l'on dit « personne âgée », l'on sous-entend : « oui, mais quel âge ? », Alors que le mot « vieux » veut bien signifier ce qu'il veut dire, aussi simplement que cela est possible.

Je n'examine pas des personnes malentendantes ou malvoyantes. Non, j'ai affaire à des sourds ou des aveugles. Je ne vois pas de « personnes à mobilité réduite », non, moi je vois des handicapés, et cela ne les froisse pas le moins du monde.

Je disais donc, que cela en est toujours ainsi chez les vieux, ils ont leurs habitudes que rien ne vient déranger. La visite du docteur est un moment sacré, une plage importante de la journée. L'instant durant lequel un professionnel s'occupe d'eux, les examine sous toutes les coutures. Un homme qui écoute leurs souffrances, de leurs satanées douleurs d'arthrose dont ils sont perclus. Mais aussi, et généralement, de leur solitude. Délaissement perceptible, seul, quand le conjoint ou la compagne est parti pour un monde meilleur, ou à deux, abandonnés par le reste du monde, par les jeunes qui sont actifs, eux ! Et qui n'ont pas toujours le temps nécessaire à consacrer à leurs aïeuls. Le monde tourne à cent à l'heure, ainsi une journée passée à tenir compagnie à un vieillard, est considérée comme perdue, non productive.

Et puis, les vieillards ont gardé cet immense respect envers le médecin et le noble art qu'il pratique. Celui de la médecine, au sens pur du terme. Pour eux, le médecin est respecté et respectable. Ce qui n'est malheureusement plus souvent le cas chez les plus jeunes, qu'ils soient actifs ou non.

En regardant ce cadavre livide pour la dernière fois, je me remémore la première fois où je suis venu chez lui, un an et demi auparavant. Son épouse était encore de ce monde, et, en dépit de ses quatre-vingt-cinq ans, toujours vaillante. Certes elle était tourmentée par les maux classiques imputables à cet âge dévastateur, quelques douleurs par-ci, un petit diabète par-là, un cœur moins efficace que dans sa jeunesse, les jambes qui gonflent de temps à autre, la vue qui perd de son acuité en raison d'une cataracte aux deux yeux, et qu'elle a toujours refusé de faire opérer. Lui présentait à peu de choses près les mêmes maladies. Les mêmes symptômes, à cela près qu'il avait un taux de cholestérol un peu trop élevé. Mais à quoi bon l'ennuyer avec des comprimés destinés à lutter contre une anomalie biologique qui encrasserait ses artères sur plusieurs années, celles qui lui restaient à vivre. Et je n'avais pas non plus le cœur à le mettre au régime, autant laisser courir ce cholestérol, il ne s'en porterait pas plus mal.

Ils vivaient dans une petite maison charmante, en campagne, pas très loin de la ville dans laquelle j'exerce mon art. Une demeure suffisamment grande pour eux deux, bordée par un petit jardin fleuri.

J'étais donc amené à les voir pour une visite. Ils avaient gardé le même médecin pendant plus de trente ans. Alors ils poursuivaient avec son successeur, à savoir moi. Je venais donc de reprendre ce cabinet, soutenant le pari audacieux de relever une patientèle à un médecin sur le chemin de la retraite. J'avais jusqu'alors exercé la médecine d'urgence dans les différents services d'urgences et SAMU de la région. Quelques années de gardes épuisantes durant plus de quarante-huit heures d'affilée, m'avaient poussé à changer le fusil d'épaule, et me diriger vers une activité pour laquelle je n'aurais pas à me lever à n'importe quelle heure de la nuit, à passer la plupart de mes week-ends à l'hôpital.

Certes, je vouais à la médecine d'urgence une véritable passion, d'ailleurs elle continue de me manquer, mais ce n'était pas compatible à mon sens avec une vie équilibrée. Une vie de famille qui appelait à s'agrandir. L'urgence est une profession où l'on vieillit mal en général. L'aigreur et la lassitude prenant le pas sur la passion et le dévouement.

Il s'agissait donc de ma première visite à domicile. J'avais cherché durant quelques instants avant de trouver la bonne rue dans ce patelin. Guidé à la fois par les explications de la secrétaire, et le vague souvenir d'une tournée gentiment proposée par mon prédécesseur en sa compagnie, mais remontant à deux mois, toutefois utile, me donnant un certain nombre de repères sur les lieux et les patients.

Arrivé à bon port, j'avais poussé la grille du jardin. Les deux patients m'attendaient, curieux de voir la tête de leur nouveau médecin. Ici, comme ailleurs, les patients sont très attachés à leur docteur. C'est un peu un membre de la famille, surtout à cet âge-là. Alors, un novice à leurs yeux, remplaçant l'ancien auquel ils étaient accoutumés, ce n'était pas la même histoire. Ils en voulaient un peu à leur ancien médecin de les avoir abandonnés pour prendre sa retraite. Ils s'étaient sentis en quelque sorte trahis, abandonnés par un de leurs seuls liens avec le monde. Mais il fallait bien qu'il s'arrête un jour ou l'autre lui aussi, après plus de trente-deux ans de bons et loyaux services.

Ils attendaient donc impatiemment le jeune docteur. Le courant était tout de suite bien passé entre nous, comme pour nombre d'autres patients. Peut-être parce que je ne suis pas si jeune que cela, peut-être parce que mon expérience d'urgentiste fait la différence. Sûrement parce que mon histoire fait que je ne suis pas un novice justement. Et puis j'applique les mêmes méthodes que mon prédécesseur, sérieux quand il le faut, humoristique à l'occasion.

Toujours est-il qu'ils m'attendaient de pied ferme. J'étais entré, avais essuyé mes pieds sur le paillasson, pour leur montrer mes bonnes manières. Je portais à la main la sacoche qui me venait de mon père. Et je les avais salués, un bonjour appuyé par un grand sourire franc. J'étais alors déjà adopté, la curiosité et la méfiance s'éloignant, faisant place à la confiance, condition sine qua non à la bonne pratique médicale.

Lorsque j'étais entré dans le salon, alors que je posais ma sacoche sur la table, je n'avais pu m'empêcher de remarquer la collection impressionnante de livres dans la bibliothèque, sensation soulignée par l'étroitesse de la pièce. Moi qui suis fanatique de bouquins, lecteur avide à toute heure du jour et de la nuit, je suis systématiquement attiré par les bibliothèques. Forcément, il s'agit de la première chose que je regarde en entrant chez autrui.

Ce qui avait le plus attiré mon regard attentif, c'était la collection livresque sur la Seconde Guerre mondiale. L'un de mes sujets favoris, étant par atavisme concerné par la Shoah. Cet empilement d'ouvrages brillait par sa richesse en écrits sur le régime de Vichy. Pas de quoi juger qui que ce soit, mais de quoi m'interroger sur leurs opinions concernant cette période funeste.

Puis mon attention avait été attirée par le gros chat, allongé comme un pacha sur le canapé au milieu du salon. Il me faisait penser aux miens, adorables greffiers. Il était venu se frotter contre ma jambe en ronronnant, captant mon affection pour la gent féline. Cela avait fini de séduire le couple de me voir le caresser ainsi sous le menton, comme ils l'aiment tant. Ils sont tous les mêmes ces chats, affectueux et adorateurs de grattouilles sous le cou. Celui-là était noir et blanc, aux grands yeux expressifs. Une petite tache piquetée venait orner le bout de son museau. Il était beau et câlin. Tout ce que j'aime chez un matou.

La consultation s'était ensuite déroulée sans le moindre encombre, des patients rassurés par le nouveau venu, et moi débarrassé du regard évaluateur habituel chez tous les malades. Les tensions étaient correctes, les cœurs fonctionnaient somme toute assez bien, et donc les ordonnances pour trois mois étaient renouvelées.

J'étais parti, non sans avoir une dernière fois caressé le chat, retourné entre-temps se lover sur son canapé. Bien entendu j'avais salué mes nouveaux patients, ravi de faire leur connaissance. J'étais remonté dans ma voiture, cartable à la main, comme un écolier qui aurait passé son épreuve d'oral convenablement. Le reste de ma tournée de visites attendait, avant de rentrer chez moi avaler un rapide déjeuner, pour enchaîner sur une après-midi chargée de consultations.

Aujourd'hui, sur le chemin du retour vers mon cabinet pour reprendre le cours de ma consultation interrompue par cet appel de la gendarmerie, je repense à tout cela. Le chat était mort depuis, bien vieux et souffrant. Ne restait plus que monsieur Georges. Celui-ci venait à son tour de nous quitter.

Un voisin qui n'avait pas vu monsieur Georges depuis deux jours, celui-ci n'ayant plus guère de visites, en dehors des miennes trimestrielles, avait prévenu les gendarmes.

L'agent de la maréchaussée, voyant cet homme visiblement mort sur la table de sa cuisine, effondré dans une posture qui ne laissait planer aucun doute sur la véracité du décès, avait effectué la procédure habituelle lors d'une découverte de cadavre. Il avait trouvé une ordonnance à mon en-tête près du bonhomme, raison pour laquelle il m'avait contacté par téléphone, afin que je vienne poser ma griffe sur le certificat de décès d'une mort qu'il considérait déjà comme naturelle.

Je me sens soudain triste, en pensant à la disparition de ce vieux monsieur, comme à chaque fois que l'un de mes patients quitte cette terre. Et puis, je suis un peu troublé. Cela fait tout de même quatre patients sensiblement du même âge décédés au cours de cette semaine. Curieuse coïncidence tout de même.

Mais le sourire me revient lorsque j'arrive enfin dans mon bureau. Je peux regarder à loisir les photographies de mon fils, né il y a un mois à peine. Les clichés sont nombreux, posés sur la table, accrochés aux murs ou encadrés près de mon écran d'ordinateur.

Une vie vient de s'achever, une autre a à peine débuté. Le cycle de la vie a repris ses droits.

Depuis un mois, ce petit bout d'homme occupe mon espace et mes pensées. Accessoirement également, pas mal de mes nuits ! Dire que j'ai quitté les urgences, pour entre autres, ne plus avoir à me lever à n'importe quelle heure de la nuit ! Mais bon, là il s'agit d'une juste et noble cause. Non pas que de se lever pour un malade ne soit pas noble, mais souvent c'était pour pas-grand-chose. Là un peu de chose revêt une grande importance.

Mon bureau est bien plus lumineux orné de toutes ces photographies de lui, et bien entendu de sa maman.

La consultation reprend son cours, les patients n'attendent pas. La salle d'attente est comble, j'ai pris du retard que je vais devoir combler. Ils me racontent leurs peines, rarement leurs joies. Leurs soucis s'entremêlent, qu'ils soient physiques, psychologiques ou sociaux. Tout est toujours mélangé. Et nous devons répondre, en tant que médecins, à la fois au corps qui souffre, mais aussi à l'âme qui a mal.

L'une de ces âmes vient de monter au ciel, peut-être, qui sait ? Pour ceux qui y croient. Pour les autres il a simplement disparu de la surface de la planète. Sûrement a-t-il rejoint sa femme, cette épouse qu'il avait aimée toute une vie durant.

Au fil des visites, rythmées par le renouvellement des traitements, le couple m'avait raconté un peu de son histoire. Pas tout bien entendu, mais assez pour comprendre leur solitude.

Ils avaient eu cinq enfants, cinq garçons. Leurs merveilles, comme l'est le mien aujourd'hui. Le dernier était mort en couches, un autre disparu durant la guerre d'Algérie. Bien triste invention humaine que ces guerres qui retirent les fils à leurs mères. Les trois autres avaient succombé à diverses maladies. Ces affections contre lesquelles nous sommes les guerriers, combattants souvent impuissants.

Aussi le couple était-il resté seul, privé de sa chair. Privés du plaisir de voir grandir leurs fils bien-aimés.

Monsieur Georges avait été dans la police durant toute sa vie. Une vie à travailler dur. En dehors de ses heures de service, il bricolait à droite et à gauche, histoire de remplir un peu le porte-monnaie familial, peu nourri par son maigre salaire. Il cultivait également un potager dans la maison précédente, celle qui avait vu naître ses enfants. Depuis ils avaient changé de logement, pour prendre plus petit. Pas besoin de beaucoup de place quand l'on n'est que deux.

La vie s'écoulait paisiblement. Ils passaient leurs vieux jours à jardiner, lire et regarder la télévision, seule ouverture sur le monde extérieur.

Puis, un matin, monsieur Georges avait retrouvé son épouse morte, alors qu'il rentrait des commissions, avec dans son panier de quoi mijoter un bon petit repas dont il avait le secret. Madame Georges était étendue sans vie sur le lit, dans la modeste chambre à coucher, comme endormie pour un long, un très long sommeil.

Après, il n'avait plus été le même homme. Il s'était éloigné du monde, comme écarté de la vie. Celle-ci n'avait plus de sens sans sa femme. Elle qui prenait tant soin de lui, et lui d'elle.

Il ne me parlait qu'à peine lors de mes visites. Se contentant de me tendre son bras décharné par l'absence de repas équilibrés, afin que je lui mesure la tension. Geste inutile et dérisoire au vu de sa peine. Qu'importait sa tension, pour lui qui n'avait plus goût à vivre… Un geste pour faire comme si. Comme si la vie continuait !

Il avait gardé l'habitude de sortir les anciennes ordonnances de sa femme en même temps que les siennes. Préparant également le tarif d'une visite et une consultation, comme pour refuser la disparition de sa moitié. Le rituel de la visite n'avait plus aucun sens sans elle. Il faisait appel à moi par habitude. Et peut-être aussi pour avoir un peu de compagnie, un minimum d'humanité envers lui-même.

Souvent en voyant ce couple, et la peine qu'il avait lors de la disparition de sa femme, je pensais au mien. Comment avaient-ils fait pour surmonter toutes ces peines ? Comment avaient-ils fait pour rester ensemble aussi longtemps ?

Je prends un thé, faisant une courte pause entre deux patients. J'ai besoin de faire un break. Je discute un peu avec la secrétaire et un confrère. J'aime bien échanger quelques mots avec eux, parler de tout et de rien, de mon fils, du temps qui passe, de la bourse.

Tout en terminant mon thé et ma cigarette, décidément une bien mauvaise habitude dont il faudra que je me défasse, j'écoute distraitement le commentaire de la secrétaire sur monsieur Georges, elle le connaissait un peu.

La consultation est enfin terminée. Je suis parvenu à combler le retard accumulé, avec les patients qui sont venus dépourvus de rendez-vous par-dessus le marché. Je ferme les stores, fais les comptes de la journée, tâche ingrate mais nécessaire. À faire au quotidien, sinon je suis rapidement débordé de paperasses en tous genres. J'éteins mon ordinateur puis les néons. Mes associés sont déjà partis, leur journée achevée. Je referme le cabinet derrière moi.

En montant dans mon automobile, je suis partagé entre cette tristesse qui me taraude d'avoir perdu un de mes patients, un patient que j'aimais bien, et la joie de retrouver ma petite famille, mon petit bout de chou.

Comme à mon accoutumée, je mets de la musique bien forte dans la voiture, en allumant une cigarette, cette éternelle sale manie.

De retour à la maison, c'est encore un rituel. D'abord un bisou à chacun, puis poser mes affaires, en me délestant de ma sacoche et mes clés. Ensuite il faut nourrir le Labrador qui s'agite, une pantoufle dans la gueule, et qui nous tient lieu de fidèle compagnon à quatre pattes. Puis le sortir faire sa petite balade et se soulager. Quelques grattouilles à mes chats, qui viennent réclamer leur dose quotidienne de câlins et de lait, en frottant leurs têtes contre mes jambes, poussant des miaulements de joie.

Une journée comme les autres, sauf que la mort n'est heureusement pas présente au quotidien. Du moins n'est plus présente. D'autant depuis que j'ai mis un terme à ma carrière d'urgentiste. Avant, comme si c'était il y a un siècle, il en était d'un lot quasi journalier. Certainement une des nombreuses raisons qui m'ont fait raccrocher et m'installer en libéral.

J'ai beaucoup de mal à trouver le sommeil. Enfin, plus de mal que d'habitude. Quelque chose me tourmente au sujet de la mort de monsieur Georges. Certes, sa santé n'était pas au mieux, mais de là à partir aujourd'hui… Tout comme son épouse d'ailleurs, je prends conscience qu'elle non plus n'avait pas de raisons particulières de décéder. J'entends par là que son état de santé n'était pas pire que d'habitude.

Mais je me préoccupe certainement pour rien, quoi de plus naturel que de mourir à quatre-vingt-cinq ans ?

Pourtant…

Je repense à mes quatre autres patients « succombés » au cours de la semaine écoulée. Bien curieuse semaine en fait. En tout et pour tout, cinq morts du même âge en si peu de temps.

Jeudi 25 mai 2006

Comme tous les jeudis, je me rends à la banque, y déposer la recette de la semaine écoulée. Corvée indispensable, mais néanmoins dépourvue du moindre intérêt. Je ne m'attends pas à la surprise qui m'attend lorsque je franchis le sas d'entrée de l'agence.

Je sonne, la porte s'ouvre dans un chuintement caractéristique des portes sécurisées. Le directeur de l'agence, toujours dans son bureau dont l'entrée donne sur l'issue de la banque, me salue cordialement, me disant toujours des « docteur » à profusion. Il est agréable, je veux dire, pour un directeur de banque.

Je prends place dans la file d'attente qui permet d'accéder au guichet. L'attente est un peu longue, un seul guichet est ouvert, et les formalités et récriminations n'en finissent pas devant moi. Je garde patience, il faut bien en passer par-là.

Arrive mon tour. Je pose ma sacoche à mes pieds, en sors le portefeuille garni de bulletins de remises de chèques et espèces. Je tends le tout déjà préparé à la guichetière. Quelques coups de tampons, quelques amabilités échangées, rien ne sort de l'ordinaire.

Je me retourne après avoir repris mon cartable bien en main, et m'apprête à me diriger dans le sens inverse, direction la sortie. Mon regard croise celui de mon successeur dans cette longue file d'attente. Il me regarde également et nos yeux s'illuminent d'un seul et même coup.

Il est face à moi, Moshé Déranovitch, mon ami d'avant, mon copain d'enfance et d'après. Avec qui j'avais passé toute ma jeunesse, mais perdu tous contacts depuis plus de quinze ans. Nous sommes à la fois joyeux de nous revoir mais embarrassés. Nous avons envie de nous embrasser mais sommes retenus par le souvenir de notre désunion. Et ce n'est pas un lieu propice aux retrouvailles démonstratives.

Il règle à son tour ses formalités bancaires assez rapidement et nous sortons ensemble, rallier le bistrot le plus proche. Nous avons tant de choses à nous dire, tant de souvenirs à partager. Mais la vie nous a tenus éloignés l'un de l'autre depuis si longtemps. Nous ne savons par quoi commencer.

Je prends l'initiative de la parole :

— Tu sais Moshé, je suis papa depuis peu.

— Mazal tov, comment se nomme cet enfant ? Laisse-moi deviner. Je suis sûr que c'est un garçon. Je me trompe ?

— Non, tu ne te trompes pas. C'est bien un garçon, il s'appelle David.

— Ah ! David, tov, comme le roi d'Israël. C'est merveilleux. Comment s'est passée sa *brit milah* ? Une grande fête j'espère.

— Non, Moshé, il n'est pas circoncis. Je vis avec une non juive. Plus tard, quand il sera grand il pourra choisir librement sa voie.

— Pas circoncis, Elisha Ton fils n'est pas des nôtres ! Il doit appartenir au peuple d'Abraham, Itzaak et Yakov !

— Tu n'as pas changé d'un pouce Moshé, et je te rappelle que je ne m'appelle plus Elisha, mon prénom français est Vincent. Elisha est mon prénom juif.

— Prénom français ou juif, tu es Elisha pour moi, et personne d'autre. Toi, tu as changé, tu t'es éloigné des tiens. Moi non !

— Ne recommençons pas Moshé ! Tu te trompes, je n'ai pas quitté mon peuple comme tu le dis. Je suis né et reste juif. Je vis ma vie en suivant les préceptes qui m'ont été enseignés, ceux du bien tel que l'entend la Torah. Mais je ne suis pas resté enfermé dans ce carcan qui est le tien, et qui était mien auparavant.

— Tu as toujours été ainsi Elisha, partagé entre deux mondes. Tu as choisi le tien. J'espère que ton fils choisira le bon.

Le silence s'installe, je le romps en demandant :

— Et toi, Moshé, que deviens-tu ?

— Je ne suis pas médecin comme toi, j'ai suivi mon chemin, celui qui aurait pu être le tien aussi.

Pour ne pas laisser le silence s'imposer de nouveau je reprends :

— Tu es marié ? Des enfants ?

— Ni l'un ni l'autre. Tu vois, je ne respecte plus tant que cela les lois de la Torah. Un homme doit avoir une descendance, perpétuer le peuple Israël.

Un nouveau blanc, empli de souvenirs.

— C'est curieux de te rencontrer ici et maintenant après tant d'années. Que fais-tu là ?

— Je suis en France pour régler quelques affaires, j'en ai pour peu de temps. Alors je suis passé dans le coin, histoire de revoir les lieux de mon enfance. De notre enfance, te souviens-tu ?

— Bien sûr que je me souviens. Comment oublier ces années ? !

— Écoute Elisha, je suis assez pressé aujourd'hui, je dois y aller. Mais si tu le veux, nous pouvons passer Shabbat ensemble, pour parler du bon vieux temps, et de nous.
— Avec plaisir Moshé.

Il termine son café, se lève et m'embrasse. Comme si de rien n'était ! Comme si le passé ne comptait plus entre nous deux. Étrange sensation que de se sentir à nouveau proches.

Il s'en va. Il n'a pas changé, toujours aussi grand et athlétique, la chevelure épaisse couverte par un chapeau, et la barbe noire et drue. Pas comme la mienne, désormais bien taillée et courte. Il porte ses éternelles chemises blanches sur ses *taliths*, franges rituelles que l'on porte sous ses vêtements, et un pantalon noir. Il a toujours cette démarche puissante et volontaire, revancharde. Comme au temps où nous étions plus jeunes. Quand nous étions militaires, tous deux dans l'armée israélienne de Tsahal.

Il a quitté le café, me laissant seul, avec ce sentiment de solitude brutale, je revis une seconde fois notre séparation.

Cette rencontre m'a bouleversé. Le soir j'en parle à ma femme. Elle n'ignore rien ou presque de mon passé, je ne lui ai rien caché. J'ai soudain hâte d'être à samedi, revoir Moshé, revivre comme avant pour quelques heures. Revenir sur cette période, que j'avais enfouie bien au fond de moi, mais sans jamais l'oublier. Je n'ai jamais voulu rayer ces souvenirs de ma mémoire. J'ai simplement repris une vie normale avec ses soucis et ses joies.

Je retrouve une certaine sérénité, m'occuper de mon fils, le changer, lui donner son biberon, le coucher, tout cela me ramène au présent.

Vendredi 26 mai 2006

La matinée prend fin. J'ai consulté depuis huit heures du matin jusqu'à onze heures, puis suis parti effectuer ma tournée de visites à domicile.

J'en ai presque terminé lorsque mon téléphone portable sonne. D'une main je lâche le volant pour décrocher, décidément, encore une mauvaise habitude en conduisant. Téléphoner et fumer en roulant, ce n'est pas très glorieux. C'est la secrétaire, une visite supplémentaire m'attend. Un patient de l'un de mes associés, en repos le vendredi, a été retrouvé sans vie à son domicile. Il faut un médecin pour aller signer le certificat de décès.

J'ai un peu de mal à trouver mon chemin. Je ne connais ni le patient ni le coin. Je ne suis jamais passé par là. Je tourne en rond, lorsqu'au coin d'une rue, j'aperçois une voiture de gendarmerie. Je sais que c'est ici, un cadavre découvert ça attire le gendarme. Bon sang, ça devient une habitude !

Je me gare, prends ma sacoche fidèle compagne, entre dans la petite maison où deux gendarmes m'attendent.

Le plus vieux des deux prend la parole après un bref salut militaire : « On l'a trouvé comme ça docteur, affalé sur la table de sa cuisine. C'est sa voisine qui nous a prévenus, elle s'est inquiétée de ne pas le voir nourrir ses poules ce matin. » Le ton est sec et concis. Comme son physique, d'ailleurs, grand aux cheveux grisonnants, un visage creusé, orné simplement d'une moustache, semble-t-il traditionnelle dans la maréchaussée. Le second, plus jeune et plus rond, ne dit mot. Il semble mal à l'aise. Peut-être à cause de l'odeur qui règne dans la pièce, l'odeur âcre caractéristique de la mort.

Le plus vieux, et plus gradé, reprend : « On a trouvé une prescription sur la table à côté de lui, son médecin traitant était un de vos associés, on a donc appelé votre cabinet pour le certificat. ». Réflexe pavlovien chez eux…

Machinalement, je regarde l'ordonnance, c'est vrai que nos quatre noms figurent sur les ordonnanciers de chacun de nous.

Je m'approche du défunt, un vieil homme maigre, vêtu d'un pantalon en toile usée, avec une paire de bretelles par-dessus sa chemise à carreaux qui masquent à peine sa maigreur. Une chose sordide me frappe, il est pieds nus, chose rare chez les personnes âgées, toujours frileuses. Mais cela ne compte plus, il n'est plus de ce monde, comme l'indiquent l'odeur et la lividité cadavérique.

Soudain je suis pris d'un vertige, non par la vision de la mort, mais parce que je me rends soudain compte qu'il a exactement la même position que monsieur Georges quand on l'a trouvé trépassé.

Visiblement il avait également le même âge. Je pâlis à l'idée qu'il s'agisse du sixième cadavre de cet âge-là, découvert affalé sur sa table de cuisine.

Je n'ai pas le temps de réfléchir, le plus vieux des gendarmes me ramène à la réalité. « Docteur, çà ne va pas, vous êtes pâle ! » Et d'un ton moqueur « Ce n'est pas facile à voir, hein ? ».

Comme s'il savait, comme s'il avait l'habitude lui, comme si pour lui être un homme signifiait garder son sang-froid devant un cadavre, surtout d'un vieil homme ! Une histoire d'honneur quoi !

Peu m'importe ce qu'il pense de moi, s'il savait le nombre de dépouilles que j'ai malheureusement vues. Il ne comprendrait pas que quel que soit le nombre, on ne s'y habitue jamais, on, du moins moi, ne reste pas de marbre devant la mort, même quand il s'agit d'un vieil homme.

Peu importe, il ne peut pas comprendre ce qui me trouble. Je ne lui réponds pas, m'approche du vieillard, mort depuis plus de douze heures visiblement.

Sur l'ordonnance à côté de lui, je peux voir son nom, malgré l'écriture innommable de mon confrère, « monsieur Jacques Moutiers ».

Encore un détail qui me frappe, cela fait six cadavres que l'on découvre avec une ordonnance du cabinet à côté d'eux sur la table de la cuisine ! Cinq des miennes, et une d'un associé, mais avec mon nom dessus !

Non, ce ne peut être qu'une curieuse coïncidence. D'ailleurs très souvent, les prescriptions sont bien en évidence chez les vieux. Et qui me dit que ce ne sont pas les gendarmes qui les ont posées là, après avoir cherché dans les tiroirs, ayant pour réflexe de chercher à contacter le médecin traitant pour venir signer le certificat de décès. Rien de plus.

Je parcours cette liste de médicaments des yeux rapidement, un traitement somme toute assez classique pour un homme de cet âge y figure.

J'examine le corps du regard. Les gendarmes semblent pressés d'en finir, le plus jeune sûrement de plus en plus mal à l'aise dans cette atmosphère cadavérique, le plus vieux pour d'autres raisons plus pragmatiques, pressé par son instinct qu'il s'agit d'une mort naturelle ou par son désir de terminer au plus vite son rapport afin de vaquer à d'autres occupations.

« Il est disparu de mort naturelle docteur ? ! » Dit le plus vieux sur un ton plus affirmatif qu'interrogatif. Je ne peux réprimer une réponse idiote « Il est mort de la mort qui tue, sûrement d'un arrêt du cœur ayant interrompu le processus vital ! », Humour sordide et mal placé, mais il l'avait cherché.

Je termine d'étudier ce corps, range mes affaires, à savoir mon stéthoscope qui cherchait en vain à entendre les bruits du cœur. Et sors mes pochettes à documents, comportant entre autres les certificats de décès. Ces attestations sont bleues, comme le ciel, curieuse couleur pour la mort. Peut-être pour que les défunts montent aux cieux…

Je ne constate pas de lésions particulières, en effet la mort semble spontanée. Que faire d'autre que de délivrer le bon bleu dûment signé, et partir en saluant d'un geste les deux gendarmes ?

En sortant de la maison, je vois le rideau de la maison voisine qui retombe, la voisine regardait derrière.

22 mai 1979

Je suis là, planté, le regard dans le vide dans ce cimetière. Mes parents sont morts dans un accident il y a quelques jours à peine. Une mort brutale, sur le coup comme on dit. Ils n'ont rien senti. Moi si.

Je me retrouve seul, face à la tombe de mes parents, en écoutant le rabbin réciter le *Kaddish,* la prière des défunts.

Je pense à mon grand-père. Mes grands-parents sont tous éteints eux aussi, tous d'anciens rescapés des camps de concentration. Mais celui qui me revient en mémoire est mon grand-père paternel. Il est mort un an auparavant, suite à une longue maladie dévastatrice. Il avait eu le temps de me raconter sa vie, et surtout toutes les horreurs qu'il avait vues et subies dans les camps. Il me racontait tout cela en Yiddish, langue parlée par les Juifs de l'Europe de l'Est, au cours de longues soirées en sa compagnie, alors qu'il était un peu ivre, il buvait pour oublier ou mieux supporter son passé. Vieil homme usé et fatigué par la vie. D'abord parti d'Arménie quand il n'était encore qu'un enfant, comme moi aujourd'hui, suite au génocide par les Turcs, puis passé par la Pologne et enfin la France pour laquelle il avait combattu durant la Première Guerre mondiale alors qu'il était si jeune. Il avait d'ailleurs obtenu des décorations, maigres consolations pour avoir dû combattre. Pour protéger la paix, celle qui a fait que l'histoire a trébuché, bégayé mais en pire.

Et puis la barbarie des hommes a donné ce qui avait suivi, la rafle du Vel d'Hiv, puis la déportation dans les camps d'Auschwitz et Birkenau. Il était un des rares survivants, mais à quel prix ?

Il avait eu un fils, mon père qui avait épousé une fille de rescapés.

Et mes parents n'avaient eu qu'un seul enfant, moi, leur fils.

Mes parents étaient des gens simples, travailleurs et honnêtes. Mon père disait toujours que plus tard je serais médecin, le plus beau métier du monde selon lui. Un soir, le jour de mes neuf ans, il était rentré du travail avec une sacoche en cuir marron, une serviette de docteur, elle avait dû lui coûter une fortune à l'époque, lui qui gagnait si peu d'argent. Mais il pensait que cela me porterait chance et ferait de moi quelqu'un de mieux que lui. Comme s'il était médiocre, lui mon père !

Pendant que je suis là, seul debout devant la tombe, par une belle journée ensoleillée de printemps, si sombre dans mes pensées, une idée idiote me vient à l'esprit. Je ne suis pas encore majeur, je veux dire au sens religieux du terme. On devient majeur à l'âge de 13 ans, lorsque l'on fait sa *Bar Mitzvah*, et ni mes parents ni mon grand-père favori ne seront là. Ils ne me verront pas devenir un adulte.

Je suis bien seul désormais, sans plus aucune famille…

Dans l'assistance de ce cimetière juif, il y a une famille dont j'ai déjà entendu parler par mes parents, la famille Déranovitch. Ils ont un fils, Moshé, qui a mon âge. Ils viennent d'arriver dans la communauté, c'est une famille très pratiquante, le père est rabbin. Il vient de prendre le poste de rabbin de la ville. Je n'ai pas eu le temps de faire leur connaissance.

Ils s'approchent de moi, la *rebbetzin*, épouse du rabbin, se penche vers moi et me prend sans un mot dans ses bras. Une larme coule le long de sa joue, elle ne fait rien pour la sécher. Son époux me pose la main sur la tête et me dit : « Tu viendras vivre chez nous, tu n'as plus de famille, en tant que guide de cette communauté j'ai le devoir de t'accueillir au sein de mon foyer. Tu seras mon second fils et le frère de Moshé. »

Je rentre avec eux dans ma nouvelle maison, j'ai perdu ma famille, j'en ai trouvé une nouvelle. Elle ne remplacera pas l'ancienne, mais ne me laissera pas dans la solitude qui monte en moi dans ce cimetière.

Mon grand-père disait toujours : « un vrai Juif n'est jamais seul ».

Samedi 27 mai 2006

C'est Shabbat aujourd'hui, même si je ne le respecte plus au sens strict du terme depuis des années. C'est un jour de repos dédié au Seigneur, afin de respecter l'ordre de la création. Au septième jour il prit du repos après avoir créé la terre et le ciel le premier jour, puis l'existence les jours suivants.

Je travaille ce matin, la consultation est plutôt calme, j'en profite pour jeter un œil sur les dossiers des patients décédés ces derniers temps. Ils avaient tous le même âge, six hommes de quatre-vingt-cinq ans environ. Tous avaient fatalement des ennuis de santé, mais rien de bien notable, rien de plus que beaucoup d'autres de mes patients, et qui eux ne sont pas morts, et n'ont pas l'air de devoir l'être dans les jours à venir.

C'est étrange, je commence à me poser des questions sur ces morts en série. Mais j'ai moi-même constaté les décès, il n'y avait rien à signaler de particulier. Certes, l'examen avait été à chaque fois sommaire, pas de traces de coups, pas de plaies, pas de signes de lutte évidents. Et comme le certificat a été à chaque fois signé sans obstacle médico-légal, il n'y a bien sûr pas eu d'autopsie. Je me fais le reproche d'ailleurs d'avoir été si rapide dans mes conclusions.

Mais comment justifier une autopsie, sur le simple fait que plusieurs personnes du même âge meurent en peu de temps de la même manière ? Je me fais des idées, ils avaient tous dépassé l'âge de l'espérance de vie moyenne des hommes en France. Je me prends pour Hercule Poirot ou quoi ?

Néanmoins, enfin, cette histoire d'ordonnances m'intrigue.

Mes pensées sont interrompues par la sonnerie de mon téléphone. Une patiente demande à me parler. Elle hurle dans le combiné, comme à son accoutumée. Je pense qu'elle n'a pas encore saisi que celui qui est à l'autre bout du fil entend parfaitement ce qu'elle dit, l'invention du téléphone est justement dédiée à cette fonction. Elle croit qu'il faut hausser la voix pour se faire entendre à distance !

Elle m'appelle concernant le vaccin proposé contre la méningite dans le département, suite à une nette épidémie de méningites dites foudroyantes, les méningites à méningocoque B, encore appelées *purpura fulminans*. Le décès est très souvent inéluctable en quelques heures, et le diagnostic souvent difficile à établir à la phase précoce de la maladie. Beaucoup d'enfants sont morts ou ont des séquelles graves, suite à cette infection qui cause désormais dans la population locale une véritable phobie collective. Bien plus inquiétante pour la population que la grippe aviaire ou le virus Ebola… Mais, il s'agit d'une peur légitime, lorsque l'on voit un copain de son enfant partir en ambulance couvert de taches brunâtres et ne pas revenir, il y a de quoi s'inquiéter. Et puis le silence initial des autorités sanitaires locales n'a pas arrangé les choses. Dorénavant, les parents ont peur de mettre leurs enfants à l'école. Surtout dans les établissements qui ont connu des cas de méningite.

Devant l'urgence sanitaire, les autorités ministérielles ont décidé d'importer un vaccin norvégien, qui n'a pas encore obtenu l'autorisation de mise sur le marché en France (sorte de passeport qui atteste de l'efficacité d'un médicament et de son innocuité). Une vaste campagne de vaccination locale a été organisée, par lots géographiques et classes d'âges. Mais les parents qui ont reçu leur convocation pour cette vaccination ont peur du vaccin. Va-t-il engendrer des effets secondaires, va-t-il provoquer la même polémique que le vaccin contre l'hépatite B suspecté de déclencher des scléroses en plaques (maladie auto-immune neurologique, dont le lien avec les vaccinations contre l'hépatite B n'est pas établi) ?

Les appels de ce genre se multiplient depuis le début de cette campagne de vaccination, les convocations pour l'administration de la première dose (il faudra des rappels), va bientôt commencer, alors les parents s'enquièrent tous de l'avis du médecin traitant. « Qu'en pensez-vous docteur, faut-il le faire ? J'ai peur qu'il attrape un effet secondaire vous comprenez ? ! ». Alors je tente de les rassurer, je fais de même avec cette femme au bout du fil qui n'en finit pas de crier pour se faire entendre. Je lui explique qu'un potentiel effet indésirable est sûrement le risque à prendre pour se protéger d'une méningite. Je lui assure que je ferais de même avec mon fils s'il était dans la tranche d'âge concernée.

Elle raccroche moitié rassurée, moitié perturbée, elle ne sait pas trop que faire, mais fait confiance à son médecin et va sûrement, après discussion avec son mari, prendre le rendez-vous auprès du centre de vaccination.

Midi, j'ai vu mon dernier patient, comme d'habitude je classe mes dossiers, éteins mon ordinateur et ferme mes stores. Un confrère est toujours en consultation, il en a encore pour au moins une heure, alors je ne ferme pas à clé.

Il fait un temps exécrable, je monte vite dans ma voiture. J'ai déjà oublié ce qui me tracassait plus tôt dans la matinée. J'ai rendez-vous avec Moshé ce midi, il vient à la maison.

D'ailleurs, je suis étonné qu'il se déplace, lui qui respectait toutes les lois de shabbat, qui interdisent notamment d'utiliser la moindre énergie le shabbat, pas d'électricité, pas de voiture. Seuls des déplacements à pied dans un certain rayon sont tolérés. Aurait-il changé ?

Après tout, moi aussi j'ai changé. Et cela fait des années que je ne l'ai pas vu. Peut-être a-t-il évolué, c'est un adulte maintenant. Quand j'y repense nous n'étions finalement que de grands enfants quand nous nous sommes vus pour la dernière fois. Nous n'avions que 24 ans. Et nous nous étions fâchés. Parce que j'avais refusé de faire ce qui lui paraissait évident et indispensable, mais qui me posait un lourd cas de conscience.

Je ne rentre pas tout de suite à la maison, sur le chemin je fais un détour pour passer devant la maison de monsieur Georges, j'ignore pourquoi, comme par automatisme.

Les volets sont clos. Il n'y a bien sûr plus aucun signe de vie dans cette maison. Ils n'avaient plus d'enfants, et probablement pas d'héritiers. De toute manière, ils ne possédaient que cette maison pour unique richesse. Je reste au point mort devant la maison, le moteur tourne, le lecteur CD de la voiture émet sa musique, mais je ne l'entends pas, je suis perdu dans mes pensées. Il n'y a personne dehors, le temps ne s'y prête pas. Je ne sais même pas quand ont lieu les obsèques. Y aura-t-il du monde au moins à cet enterrement ? Peut-être les voisins.

Au bout de quelques instants, je passe la première et avance doucement, comme pour ne pas déranger les trépassés. Je prends le chemin pour rentrer chez moi.

Arrivé à la maison, celle-ci est vide. Ma femme est partie ce matin avec notre enfant, dans sa famille à quelques centaines de kilomètres d'ici. Première séparation, du moins avec l'enfant. Nous avons l'habitude de ne pas partir toujours ensemble. Il est bon de se retrouver seul de temps à autre. Mais c'est plus difficile de ne pas voir le bébé.

Moshé n'est pas là, pourtant il devrait déjà être arrivé.

J'ouvre ma boîte à lettres. Pleine, comme d'habitude. Diverses factures, et publicités, un relevé bancaire. Une enveloppe non timbrée est posée sous le tas de courrier, avec « Elisha » noté dessus, d'une écriture que je reconnais si bien. Moshé est passé tôt, du moins avant le facteur et m'a laissé un mot.

Je pose ma sacoche dans le hall, retire ma veste et pose le tas d'enveloppes sur la table du salon. Les chats miaulent, ils réclament leur dose habituelle de lait et câlins. Le chien arrive au même moment, il réclame pour rentrer me faire la fête. Je lui ouvre la porte de la véranda. Je profite de ce que ma femme ne sera pas là pour le faire, d'habitude le chien doit rentrer par le garage et traverser le cellier avant de pénétrer dans la maison. D'habitude, mais pas avec moi quand je suis seul…

Au bout d'un moment, une fois tous les animaux calmés, je m'assieds dans mon canapé préféré. Je prends le courrier. J'ouvre en premier la lettre de Moshé. Il a toujours la même écriture, penchée vers la gauche, et il m'a écrit en hébreu. Il ne viendra pas cet après midi, il est pris à l'improviste pour affaires. Le mot est court. Il me souhaite un *shabbat shalom,* à moi et à ma nouvelle famille.

Décidément il a bien changé s'il ne peut venir pour affaires, il fait des affaires le shabbat maintenant ?

Tant pis, j'aurais bien aimé passer cette journée avec lui, à parler d'avant. Ce sera pour une autre fois, j'ai bien l'intention de le revoir.

Je vais me consoler en achevant la lecture du dernier livre d'Élie Wiesel. Mon auteur favori, par atavisme peut être. Peut-être aussi parce qu'il aurait pu être mon grand-père. Et que j'admire son parcours, ses œuvres autant livresques que pour la paix. J'admire ce personnage, pour moi l'un des hommes les plus sages au monde à l'heure actuelle. Digne descendant des plus grands rabbins, tel le Baal Shem tov, ou

Maimonide. Je ne me lasse jamais de lire ses œuvres, ou d'écouter ses trop rares interventions télévisuelles ou radiophoniques. C'est un grand homme, un exemple pour moi. Un prochain qui assume son judaïsme en dehors d'Israël, un Juif de la diaspora nécessaire et vitale pour le judaïsme, un homme intelligent, libre et penseur. Un homme qui assume aussi ses choix, il respecte et étudie toujours à son âge les textes talmudiques et la Torah, mais il est marié à une non juive. Un mélange de mon grand-père et de moi en quelque sorte.

Il a survécu aux camps de la mort. Il en a parlé ensuite, en écrivant « La nuit » des années plus tard. Personne ne voulait éditer ce livre, trop triste dans le contexte d'après-guerre. C'est maintenant devenu une référence sur la Shoah. Plus que Primo Lévi ou Serge Klarsfeld selon moi.

D'ailleurs, il n'y a pas de mots pour qualifier ce qui s'est passé durant cette guerre. Toutes les guerres sont horribles, toutes détruisent des familles, des vies, des villes et villages. Mais celle-ci a quelque chose de plus. Un degré supérieur dans l'horreur et l'inhumain.

Six millions de Juifs exterminés.

L'horreur est à tous les niveaux, de ceux qui dénoncent, par haine, conviction, pragmatisme ou pour spolier les biens. Ceux qui exécutent les ordres d'arrestations. Ceux qui convoient vers les camps. Ceux qui frappent, font des expériences médicales inhumaines et dévastatrices (des médecins, comme moi ?), ceux qui humilient en frappant un enfant à mort devant sa mère pour lui soutirer les plaintes et supplications. Ceux qui tirent une balle dans la tête d'un homme qui vient de creuser une tranchée, celle qui sera sa tombe quelques secondes plus tard. Ceux qui font que des hommes doivent décharger à la fourche les cadavres gazés dans les chambres, pour les mettre dans le four crématoire. Et dans ces cadavres, les hommes y reconnaissent qui une épouse, qui un père ou une mère, qui son enfant…

D'autres ont décrit tout cela bien mieux que moi. Je ne fais que dire ce que mon grand-père m'a raconté.

L'horreur est aussi dans cette gigantesque organisation pour arriver à la solution finale, dont le but pas même caché était d'exterminer la race juive. Faire que pas un seul Juif ne reste vivant sur cette terre. Ce fut un échec de ce point de vue-là. Mais à quel prix ?

Tuer des hommes, femmes, enfants, vieillards, pour leur simple appartenance à une religion, c'est inimaginable. Mais cela a eu lieu, et a toujours lieu. Les hommes n'apprennent pas de l'Histoire, ils commettent les mêmes fautes, les mêmes atrocités.

Les livres d'Élie Wiesel devraient être des manuels scolaires, ils ne le sont pas, malheureusement.

Pourquoi évoquer un sujet aussi triste ? Pour ne pas oublier, perpétuer le devoir de mémoire, ce devoir qui est notre seule chance que cela ne se reproduise pas. Apprendre aux autres ce qui s'est passé pour empêcher qu'ils le refassent.

La plus grande misère n'est pas financière, ni sentimentale, ni physique. Non la plus grande indigence est l'inculture. L'absence de savoir. Ce savoir est notre seule richesse. La plus grande fortune est la connaissance.

Alors je lis, je dévore des livres, comme un boulimique, mais sans m'en faire vomir. Par soif de savoir, besoin vital de cette connaissance livresque.

30 juin 1979

Cela fait un peu plus d'un mois que je vis chez les Déranovitch. La mère, Rébecca, est pleine d'attentions pour moi. Le fils, Moshé, même âge que moi me prend pour son petit frère. Il faut dire qu'il fait une tête de plus que moi, et qu'il est déjà athlétique pour son âge. Le Rabbi Déranovitch s'occupe de notre éducation religieuse et philosophique, à la fois dans la maison d'étude, mais aussi au cours de longues promenades dans les rues ou la nature.

Il revient souvent sur le sujet de la Shoah, ses parents étaient rescapés des camps de la mort, comme mes grands-parents. Il se pose la question du rôle divin lors de ce drame.

Un matin de shabbat, à la sortie de la prière, sur le chemin de retour vers la maison, il se met à nous parler, à Moshé et moi, de la Seconde Guerre mondiale. Il parle longuement des arrestations par la police et la gendarmerie française à l'époque, des déportations en masse vers l'inconnu qui s'avéreront être des voyages pour la mort inexorable.

Une phrase me frappe, il dit au bout d'un long silence : « Beaucoup de gens ici sont responsables des déportations, à cause des dénonciations, mais aussi à cause de leur silence et de leur inaction pour tenter de sauver les Juifs. L'inaction est presque aussi grave que la dénonciation ». Puis il observe le silence durant le reste du trajet. Cette phrase me surprend de la part de cet homme, si bon et généreux, si enclin au pardon et à toujours trouver la part de bonté qui réside en chacun de nous.

La fin de la journée est consacrée à l'étude et aux prières. Mais je sens une profonde tristesse chez le Reb, Moshé aussi semble sombre. Seule la *Rebbetzin* fait preuve d'enthousiasme.

Pourtant, je la trouve bien épuisée depuis quelques jours, elle ne montre rien, ne se plaint pas, mais ses traits se sont creusés, ses yeux se sont cernés. J'espère que ce n'est pas à cause de moi, du surcroît de travail que ma présence lui impose.

Parfois à l'école, on nous chahute, on nous traite de sales Juifs, de « youpins ». À chaque fois, cela se termine en bagarre. Moshé se rue sur les railleurs, et moi je viens l'aider avec mes maigres poings. Il n'a pas peur de se battre contre plusieurs assaillants, même s'ils sont plus âgés.

Nous rentrons quelquefois à la maison avec du sang sur le visage, et les vêtements déchirés. Nous avons droit à un sermon du Reb, et une désinfection de nos plaies par la *Rebbetzin*. Le père de Moshé désapprouve la violence. Mais il laisse parfois comprendre qu'il ne faut pas non plus se laisser faire. Il ne faut plus jamais se laisser faire.

Il appartient à cette génération qui refuse de se laisser persécuter, à cette génération qui a suivi la guerre. Celle qui lutte le plus farouchement pour sauvegarder l'État d'Israël, comme si une nation juive pouvait empêcher que l'horreur ne se reproduise.

De tout temps les Juifs ont connu les persécutions et les exterminations. Mais celle de la Seconde Guerre mondiale fut la pire de toutes. Tant en termes de cruauté que de masse. D'ailleurs, est-ce le nombre qui fait l'horreur, ou les méthodes usitées pour humilier, torturer, tuer tous ces hommes, femmes, enfants et vieillards ?

On parle souvent de ça à la maison, j'en parlais déjà plus jeune avec mon grand-père et mon père. C'est un sujet difficile. Il me rappelle les mots de mon grand-père, « Urban » ce qui veut dire destruction en Yiddish.

Le Reb semble très sensible sur ce sujet. Il a sûrement, comme moi pour mon grand-père, entendu son père lui raconter. Moshé est toujours agité lorsque le sujet revient, comme s'il avait été touché lui-même dans sa chair. Moi aussi, mais nous n'avons pas la même réaction. Chez moi c'est la tristesse qui prédomine, tandis que chez Moshé c'est une colère à peine contenue. C'est peut-être pour cela qu'il n'hésite pas à déclencher des rixes quand on nous agresse verbalement, bagarres que l'on pourrait éviter. Non que je sois un pleutre, mais se battre est souvent si inutile, si ridicule.

Lundi 29 mai 2006

La matinée s'amorce bien, je suis de bonne humeur, même si le réveil a été un peu difficile. Mais au bout de quatre ou cinq cafés bien corsés, comme je le fais tous les matins au cabinet, le cerveau est sorti de sa léthargie nocturne. Les rendez-vous sont déjà pleins ce matin, alors que la journée ne fait que débuter. Je sais déjà qu'au fur et à mesure que la journée va avancer, le cahier de rendez-vous déjà saturé, va se noircir encore plus, impossible de refuser des patients qui arrivent, ou qui appellent en disant que cela ne peut pas attendre jusqu'au lendemain. C'est toujours urgent. D'ailleurs, les petits vieux viennent le lundi matin de bonne heure pour faire renouveler leur ordonnance trimestrielle. Ils ne peuvent pas attendre un jour de plus, ou programmer cela un jour plus calme. C'est ancré dans leurs us et coutumes, rien ne le changera.

Les consultations défilent, avec chaque cas différent, parce que chaque patient est unique. J'aimerais en garder certains plus longtemps dans mon bureau pour discuter, parce qu'ils sont passionnants, et d'autres beaucoup moins. Mais le temps manque hélas. Non dans une optique financière, mais il est délicat de faire attendre la salle d'attente. J'ai horreur de faire patienter. Je mets un point d'honneur à être toujours à l'heure, et même en avance. Je suis toujours présent au cabinet une demi-heure avant le premier patient. J'ai le temps d'ouvrir les stores, de préparer le café, d'en boire plusieurs tasses en fumant la cigarette maudite du matin. Puis j'allume mon ordinateur, connecte mes programmes médicaux. Ensuite je prends mes listes de consultations, note les visites sur un petit bout de papier.

Alors, et seulement alors, la journée de consultations peut débuter. Une sorte de rituel pour attaquer la journée, se mettre en condition pour être le plus attentif possible, tant aux problèmes physiques que psychologiques. Même si on a la tête ailleurs, pour quelque raison que ce soit, une mauvaise nuit, une dispute conjugale, un ennui physique, l'on se doit d'être totalement disponible et apte à entendre, agir et réagir au moindre petit signe. Parfois de petits signes anodins sont révélateurs de grandes maladies. Alors il ne faut en aucun cas négliger ces appels, donc être au top en permanence pour ne pas passer à côté, comme on dit.

Il est dix-neuf heures trente, j'ai terminé enfin. La journée a été longue et harassante. Il n'y a plus personne dans le cabinet. Il faut dire que cette semaine nous ne sommes que trois médecins sur quatre, et c'est jour de repos d'un des trois.

Je m'apprête à partir quand le téléphone sonne. J'ai déjà mis le répondeur en marche après que la secrétaire m'ait souhaité une bonne soirée. Je ne sais pas pourquoi je décroche tout de même. Après tout il y a un service de garde. Mais un acquis de conscience me fait éteindre le répondeur et prendre le combiné.

C'est Madame Jouvin, une de mes patientes. Je ne la vois que rarement au cabinet. Je passe tous les trois mois à son domicile pour renouveler son traitement. Elle est un peu sourde et crie au téléphone. Mais cette fois-ci elle semble paniquée. Elle me dit de venir tout de suite, c'est grave et urgent. Du moins, c'est tout ce que je parviens à comprendre dans son discours décousu. Elle paraît hors d'haleine.

Bon, rien à faire, je ne parviens pas à en savoir plus au téléphone, elle a déjà raccroché.

Je me souviens de manière réflexe de la route qui mène à sa petite maison au sein d'une petite bourgade juste à côté.

Je ferme le cabinet derrière moi. Je n'ai pas oublié de remettre le répondeur en marche.

La voiture démarre au quart de tour, normal elle est neuve. Je file en vitesse. J'ignore ce qui se passe, mais le son de sa voix ne me plaît pas du tout. J'ai intérêt à me rendre sur-le-champ chez elle.

J'ai tôt fait d'y arriver, j'ai roulé un peu vite, mais à cette heure-ci les routes sont vides de véhicules dans ce coin.

Je ne m'attendais pas à cela. Ça me rappelle une scène d'accident de la circulation. Il y a tout le monde. Les pompiers du coin avec tous leurs effectifs, camions rouges tous feux allumés et gyrophares qui tournent encore. Une voiture de gendarmerie est aussi sur les lieux. Et diverses personnalités, comme le maire du village que je reconnais, c'est le fils d'une de mes patientes.

Je me gare, dans ce brouhaha je passe inaperçu. Un pompier me remarque, et vient vers moi. Cartable la main, je suis à peine descendu de ma voiture, qu'il se lance dans une explication effrénée de la situation.

Madame Jouvin a voulu aller chez son voisin, monsieur Bader, pour leur partie de cartes habituelle, (j'ignorais qu'elle jouait aux cartes avec son voisin). Mais quand elle est arrivée chez lui, la porte était ouverte et il ne répondait pas. Elle est entrée, pensant qu'il était occupé à faire ses mots croisés, a fait le tour de la cuisine, n'a trouvé personne. Elle est montée à l'étage, personne dans le petit bureau. La porte de la chambre était entrouverte, et elle a vu monsieur Bader allongé, inconscient, sur son lit.

Tout habillé. Elle s'est précipitée vers lui pour le secouer, aucune réaction.

Alors elle est redescendue pour téléphoner aux pompiers, dans la foulée elle a appelé les gendarmes. J'en conclus par déduction avoir été alerté après tous les autres.

C'est fou ce que le récit de ce pompier a été précis, rapide, comme dicté au cours d'une seule expiration. C'est la première fois qu'il voit une telle chose. Il est tout retourné, mais tente de garder l'esprit clair et efficace qu'on a essayé de lui inculquer lors de sa formation de pompier volontaire.

Le tout m'a été raconté durant les quelques pas qui mènent à la porte de la maison de monsieur Bader.

À l'entrée se trouvent les autres pompiers, en train de fumer une cigarette. Et deux gendarmes en train de discuter avec le maire. Une femme est en train de réconforter madame Jouvin un peu plus loin, en la prenant par le bras pour la guider vers chez elle.

Le maire s'approche de moi en me tendant la main. Il a la cinquantaine grisonnante, la barbe et la moustache des personnes respectables dans les villages. Il est vêtu d'un pantalon en velours marron et d'une veste avec les manches renforcées au niveau des coudes. Cette même tenue que je lui vois porter à chacune de nos rencontres.

Il a l'air à la fois chagriné par ce qui vient de se passer dans sa commune, mais aussi doté de cette importance que de telles circonstances confèrent à une autorité telle que la sienne.

Il me fait le même récit que le pompier, je n'écoute que d'une oreille, j'ai déjà entendu la version rapide, il me sert la même en plus lente et blasée.

Ce faisant, nous nous dirigeons vers la chambre, en montant un escalier étroit en bois sombre. La maison est petite, toute en hauteur. Les volets sont fermés, ce qui rajoute au côté obscur de la scène et de la maison.

Effectivement, Monsieur Bader, que je ne connaissais pas, mais je me doute bien qu'il s'agit de lui, est étendu sur le lit, tout habillé. Il est rigide et livide, état caractéristique d'une mort qui remonte à quelques heures. C'est la raison pour laquelle les pompiers n'étaient pas en train de pratiquer le massage cardiaque et la respiration artificielle.

Combien de fois suis-je intervenu sur des « arrêts cardiorespiratoires », avec des pompiers déjà sur les lieux en train de faire une réanimation de base, alors que le patient était visiblement mort depuis des heures. Mais c'est ainsi, ils réaniment, ou tentent de le faire jusqu'à avis contraire du médecin du SAMU, ou à défaut, du médecin traitant.

Or, ici, personne ne réanimait le corps quand je suis arrivé. Certainement un soupçon de cohérence pour une fois, chez le chef agréé des pompiers. Pourtant, ils étaient si nombreux à mon arrivée, qu'ils auraient pu se relayer pendant des heures.

Je parle de se succéder, parce qu'allez-y, faites un massage cardiaque à genoux au sol ou sur un lit, un vrai massage cardiaque, pas un de ceux que l'on voit dans les séries télévisées. Vous allez voir qu'au bout de quelques minutes vous serez en sueur et complètement essoufflés !

Bref, personne ne pratiquait une quelconque tentative de résurrection, et c'est une bonne chose. Inutile de s'acharner en vain sur un cadavre quand il n'y a plus rien à faire.

Le maire me laisse m'approcher, il se tait d'un coup, le silence m'apparaît lourd, son discours flottait dans mon esprit durant le court trajet, et meublait mes pensées.

Monsieur Bader est mort, je le confirme. Il est étendu sur son lit, pas même défait. Il est bien vêtu, un pantalon de tergal noir, une chemise blanche, qui contraste avec les lieux sombres. Il devait bien s'habiller à l'idée de recevoir sa voisine pour leur, semble-t-il, traditionnelle partie de cartes du lundi soir.

Ses yeux sont grand ouverts, vitreux ils ne dégagent aucune expression, ni de peur ni de paix. Il apparaît être mort dans une fraction de seconde, sans avoir eu le temps d'éprouver le moindre sentiment.

Je ne trouve pas de traces de coups, pas de plaies. Rien de particulier. Je demande à l'un des pompiers de m'aider à le retourner. On a parfois des surprises en retournant un cadavre apparemment mort naturellement, telles que de trouver un orifice de balle, ou un couteau planté. C'est déjà arrivé à un confrère, il avait signé le certificat de décès en ne cochant pas l'obstacle médico-légal. Ce sont les pompes funèbres, qui en venant chercher le corps, avaient trouvé un couteau planté entre les omoplates ! La mort n'était pas si naturelle que cela ! Depuis, il retourne toujours les morts avant de signer quoi que ce soit. Et moi aussi…

Mais là, rien, aucune trace. La mort est bien naturelle. Il est effectivement naturel de mourir un jour, surtout à son âge qui doit approcher des quatre-vingt-dix ans.

Je m'apprête à redescendre en compagnie du maire, pour rédiger les papiers sur la table de la cuisine, quand mon regard est happé par un papier blanc posé sur sa table de chevet.

Je me rapproche, me penche un peu. Il s'agit d'une ordonnance. Encore une fois ! Et c'est encore une prescription de mon cabinet !

Je la prends, il s'agit d'une ordonnance courte. Peu de médications, chose rare à cet âge-là. C'est, pardon, c'était le patient d'un associé.

Machinalement je retourne l'ordonnance. Et mes yeux s'écarquillent.

Une phrase est écrite au dos : « Pourquoi tous ces morts ? ».

Cette simple phrase, comme une énigme.

Je prends l'ordonnance avec moi, me ressaisis rapidement et redescends avec le maire. Il me demande ce que j'ai vu, je lui sers une réponse évasive du style « j'ai besoin de cette prescription pour le certificat ». Il est tellement absorbé par son rôle qu'il ne prête pas attention à ma pâleur que je vois se refléter dans le miroir de l'armoire de la chambre.

Arrivé en bas, je m'avance vers les gendarmes, m'adressant directement au plus gradé des deux.

Je lui demande de me suivre dehors pour plus de discrétion, et allume une cigarette.

Je lui tends l'ordonnance sans un mot. Il la regarde, puis lève les yeux vers moi. Il ne semble pas saisir ce que j'attends de lui. Je lui demande sur un ton sec de retourner le papier et de lire. Il le fait, et reste perplexe.

Je lui dis : « Il faut que je vous parle de quelque chose mon adjudant. »

Sa qualité de militaire fait qu'il ne cherche pas à discuter, nous nous éloignons de quelques pas, tandis qu'il allume lui aussi une cigarette.

Je lui raconte en détail la série de morts à laquelle j'ai assisté, avec pour point commun une ordonnance du cabinet. Pour certains des patients à moi, pour d'autres ceux de mes associés. Je lui explique la coïncidence d'âges. Il écoute mon récit patiemment et avec attention.

Lorsque j'en ai fini, il prend son temps pour réfléchir. Il sort son paquet de cigarettes, en prend une et me tend le paquet en m'en proposant une. J'accepte sans un mot, je sors mon briquet et allume les deux clopes.

Il prend le temps de tirer deux longues bouffées, dont il laisse échapper la fumée par les narines.

Puis, il reprend l'ordonnance, regarde de nouveau l'inscription au dos de celle-ci.

Il me regarde et me dit : « Je vais appeler mes collègues de la brigade des recherches. C'est de leur ressort maintenant. Cette histoire est étrange. Il se cache quelque chose derrière tout ça. »

Je n'ajoute rien, je ne fais qu'opiner du chef. Son attitude est calme et correcte. Il semble saisir la problématique.

Il prend son téléphone portable, compose un numéro. Il fixe ses chaussures en attendant que son interlocuteur décroche.

À l'autre bout du fil, une voix dit fort : « Chef Javart, j'écoute ! ».

Mai 1982

Nous venons de passer notre *Bar Mitzvah,* Moshé et moi. Cérémonie juive qui consacre la majorité religieuse à l'âge de treize ans.

Nous sommes désormais responsables devant Dieu de nos actes.

Depuis quelques jours nous étions nerveux tous les deux. C'est un jour important dans la vie d'un homme. Il passe d'enfant à adulte aux yeux de la Torah. Il a fallu répéter notre lecture d'un passage de la Torah pour la cérémonie religieuse à la synagogue.

Bien sûr, le père de Moshé nous avait bien préparés, et c'est lui qui a présidé la cérémonie. Mais c'est un jour unique dans la vie d'un Juif.

J'ai de la peine, j'aurais tant voulu que mes parents soient là pour ma *Bar Mitzvah*, mon acceptation des lois et devoirs juifs. J'aurais tant souhaité la présence de mon grand-père aussi.

Mais ils étaient présents, avec moi, au fond de mon cœur et de mon âme. Et, quelque part cela rassure.

Donc ça y est, nous sommes des hommes Moshé et moi, après trois ans passés ensembles, comme deux frères, nous avons franchi ce cap fondamental ensemble encore.

La fête est joyeuse, une Bar Mitzvah c'est un grand moment religieux, mais cela s'accompagne aussi de belles réjouissances en l'honneur des nouveaux responsables. Toute la communauté de notre Synagogue est présente.

Tout le monde nous félicite : « Mazal Tov ! Mazal Tov ! ». Nous sommes enchantés Moshé et moi. Heureux comme nous ne l'avons jamais été auparavant. Et puis fiers aussi. Fiers d'appartenir à la famille des adultes.

Nous sommes désormais aptes à faire partie d'un *Mynian*, un comité de dix hommes adultes, nécessaire à la prière, notamment celle du Kaddish, la prière pour les morts.

Alors, et c'était mon souhait le plus cher, j'ai demandé au père de Moshé de réunir sept hommes en plus de Moshé, lui et moi. Dix hommes pour aller à la synagogue ce soir réciter le Kaddish pour mes parents, et aussi pour mon grand-père. C'est moi qui lis le texte, avec une émotion perceptible dans ma voix tremblante :

« Ysgadal veyiskaddache schemeï rabbo bëolmo divero khiroussеї veyamlikh malkhouseï, be'hayeïkhône ouveyômeïkhône ouve'hayeï dekhol beïs Ysroeïl, ba'agolo ouvizemane koriv, ve-imerou omeïne. Yeheï schemeï rabbi mevorakh lëolam oulëolmeï olmayo.

Yisborakh veyichtabba'h veyispoar veyisrômame veyisnasseï

veyishaddar veyisalé veyishallal schmemeï dekoudscho, berikh hou Leëilo Mine kol birkhoso veschiroso touchebe'hoso vené'hmoso da'amirone bëolmo veimrou omeïn.

Al Ysroeïl veal rabbonone veal talmideïhône veal kol talmideï talmideïhône, veal kol mone dëoskine beôraïso di bëasro hodeïne vedi bekhol asar vëasar, yeheï lehône oulekhône chelomo rabbo 'hinno ve'hisdo, vera'hamine ve'hayine arikhine oumezôno revi'ho oufourkono mine kodom avouhône di vischemayo ve-imrou omeïne.

Yeheï schelomo rabbo mine schemayo ve'hayime tôvime oleïnou vëal kol yisroël, ve-imrou omeïne.

Osé scholôme bimerômôv, hou ya'asé scholôme oleïnou vëal kol Yisroeïl, ve-imrou omeïne. »

Le silence règne après cette prière. Je suis soulagé d'un lourd poids, le poids de la rancœur. Je sais maintenant que j'ai dit cette prière en tant qu'adulte au sein d'un *mynian*, que je peux passer à l'avenir, j'ai fait mon deuil.

Traduction française Transcription Araméen / Hébreu 1 Magnifié et sanctifié[b] soit le Grand Nom.[a] *Yitgaddal vèyitqaddash sh'meh rabba* יִתְגַּדַּל וְיִתְקַדַּשׁ שְׁמֵהּ רַבָּא. 2 dans le monde qu'Il a créé selon Sa volonté *Bè'alma di vèrah khir'outeh* בְּעָלְמָא דִּי בְרָא כִרְעוּתֵהּ 3 et puisse-t-Il établir Son royaume *vèyamlikh malkhouteh* וְיַמְלִיךְ מַלְכוּתֵהּ 4 puisse Sa salvation fleurir et qu'Il rapproche son oint.[ad] *veytzmakh pourqaneh viqarev meshi'heh* וְיַצְמַח פֻּרְקָנֵהּ וִיקָרֵב מְשִׁיחֵהּ 5 de votre vivant et de vos jours *be'hayekhon ouv'yomekhon* בְּחַיֵּיכוֹן וּבְיוֹמֵיכוֹן 6 et [des jours] de toute la Maison d'Israël *ouv'hayei dekhol bet Israël* וּבְחַיֵּי דְכָל בֵּית יִשְׂרָאֵל 7 promptement et dans un temps proche ; et dites Amen.[a] *bè'agala ouvizman qariv ve'imrou amen* בַּעֲגָלָא וּבִזְמַן קָרִיב. וְאִמְרוּ אָמֵן *Les deux lignes suivantes sont répondues par l'assemblée des fidèles, avant d'être reprises par l'officiant :* 8 Puisse Son grand Nom être béni *yèhè sh'meh rabba mevarakh* יְהֵא שְׁמֵהּ רַבָּא מְבָרַךְ 9 à jamais et dans tous les temps des mondes. *le'alam oulèal'mè 'almayya* לְעָלַם וּלְעָלְמֵי עָלְמַיָּא 10 Béni et loué et glorifié et exalté, *Yitbarakh vèyishtabba'h vèyitpa'ar vèyitromam* יִתְבָּרַךְ וְיִשְׁתַּבַּח וְיִתְפָּאַר וְיִתְרוֹמַם 11 et élevé et vénéré et élevé et loué *vèyitnassè vèyithaddar vèyit'alè vèyit'hallal* וְיִתְנַשֵּׂא וְיִתְהַדָּר וְיִתְעַלֶּה וְיִתְהַלָּל 12 soit le Nom du Saint (Transcendant), béni soit-Il.[a] *sh'meh dèQoudsha, berikh* hou. הוּא בְּרִיךְ דְּקֻדְשָׁא שְׁמֵהּ. 13 au-dessus (et au-dessus[c]) de toutes les bénédictions *l'eëlla (ouleëlla mikol) min kol birkhata* אבִרְכָתָא כָּל מִן (וּלְעֵלָּא מִכָּל) לְעֵלָּא 14 et cantiques, et louanges et consolations *vèshirata tushbe'hata vènèkhèmata* וְנֶחֱמָתָא תֻּשְׁבְּחָתָא וְשִׁירָתָא 15 qui sont dites dans le monde ; et dites Amen.[a] *da'amiran bèal'ma ve'imrou amen* אָמֵן וְאִמְרוּ בְּעָלְמָא דַּאֲמִירָן. *Le 'Hatzi Kaddish finit ici. Le Kaddish complet (Titqabbal) continue par :* 16 [e]Que soient reçues (acceptées) les prières et supplications *Titqabbal tz'lotèhone ouva'out'hone* וּבָעוּתְהוֹן צְלוֹתְהוֹן תִּתְקַבֵּל 17 de toute la Maison d'Israël *dekhol bet Israël* לְיִשְׂרָאֵל בֵּית דְּכָל 18 devant leur Père qui est au ciel, et dites Amen.[a] *qodam avouhon divishmayya, vè'imrou amen* אָמֵן וְאִמְרוּ בִּשְׁמַיָּא דִּי אֲבוּהוֹן קֳדָם *Le Kaddish des Rabbanim inclut :* 19 Pour Israël et ses rabbanim et leurs étudiants (disciples) *'al Israël vè'al rabbanane vè'al talmidehone* תַּלְמִידֵיהוֹן וְעַל רַבָּנָן וְעַל יִשְׂרָאֵל עַל 20 et tous les étudiants de leurs étudiants *vè'al kol talmideï talmidèhone* תַּלְמִידֵיהוֹן תַּלְמִידֵי כָּל וְעַל. 21 et tous ceux qui s'affairent dans la Torah *vè'al kol maan di'os'kine bi'orayta* בְּאוֹרַיְתָא דְּעָסְקִין מָאן כָּל וְעַל. 22 ici et en tout autre lieu *di bè'atra hadein vèdi bèkhol atar vè'atar* וַאֲתַר אֲתַר בְּכָל וְדִי הָדֵין בְּאַתְרָא דִּי. 23 que soient [instaurées] sur eux et vous une paix abondante, *yèhè lèhone oul'khone sh'lama rabba* רַבָּא שְׁלָמָא וּלְכוֹן לְהוֹן יְהֵא 24 la faveur et la grâce et la miséricorde et une vie longue *'hinna vè'hisda vè'ra'hameï vè'hayyeï arikheï* אֲרִיכֵי וְחַיֵּי וְרַחֲמֵי וְחִסְדָּא חִנָּא 25 une large subsistance et le salut *um'zoneï rèvi'heï oufourqana* וּפוּרְקָנָא רְוִיחֵי וּמְזוֹנֵי 26 de la part de leur Père aux cieux [et sur terre] ; *min qodam avouhon di'vishmayya [vè'ar'a]* [וְאַרְעָא] דְבִשְׁמַיָּא אֲבוּהוֹן קֳדָם מִן 27 et dites Amen.[a] *vè'imrou amen* אָמֵן וְאִמְרוּ *Toutes les variantes, sauf le 'Hatzi Kaddish concluent par les lignes suivantes :* 28 [e]Qu'il y ait une grande paix venant du Ciel, *Yehe sh'lama rabba min shemayya* שְׁמַיָּא מִן רַבָּא שְׁלָמָה יְהֵא, 29

[ainsi qu']une [bonne] vie *[vè]'hayyim [tovim]* [טוֹבִים] [וְ]חַיִּים
30 et la satiété, et le salut, et le réconfort, et la sauvegarde
vèsava viyshou'a vènè'hama vèshèzava וְשָׂבָע וִישׁוּעָה וְנֶחָמָה
וְשֵׁיזָבָה 31 et la guérison, et la rédemption et le pardon et
l'expiation *ourefou'a ougue'oulla ousli'ha vekhappara* וּרְפוּאָה
וּגְאֻלָּה וּסְלִיחָה וְכַפָּרָה, 32 et le soulagement et la délivrance[d] *vè-
rèva'h vèhatsala* וְרֶוַח וְהַצָּלָה 33 pour nous et pour tout Son
peuple [f] Israël, et dites Amen.[a] *lanou oulèkhol 'amo Israël
vè'imrou amen* לָנוּ וּלְכָל עַמּוֹ יִשְׂרָאֵל וְאִמְרוּ אָמֵן. 34 [e]Celui qui éta-
blit la paix dans Ses hauteurs, *'Osse shalom bimeromav* עוֹשֶׂה
שָׁלוֹם בִּמְרוֹמָיו, 35 l'établisse [dans Sa miséricorde] parmi nous
hou [bèra'hamav] ya'asse shalom 'alenou הוּא [בְּרַחֲמָיו] יַעֲשֶׂה
שָׁלוֹם עָלֵינוּ, 36 et sur tout [son peuple] Israël, et dites Amen.[a]
vè'al kol ['amo] Israël, vè'imrou amen וְעַל כָּל [עַמּוֹ] יִשְׂרָאֵל
וְאִמְרוּ אָמֵן

Lundi 29 mai 2006, 23 h 30

Je suis dans les locaux de la brigade de recherches de la gendarmerie nationale. Je viens de raconter mon histoire pour la quatrième fois à quatre brigadiers différents.

J'ai l'impression d'être soupçonné d'avoir tué ces patients. À force de me faire répéter, je finis par trouver moi-même cela peu crédible.

Je comprends qu'ils me prennent soit pour un fou, soit pour un tueur en série qui se jouerait de leur tête.

Je pense à mon fils et ma femme, ils me manquent. J'aimerais les avoir près de moi, pour revenir à la douce réalité. J'ai le sentiment d'être dans un cauchemar, je vais être réveillé d'un instant à l'autre, par les cris de faim de mon bébé.

Mais non, je suis bien conscient. Il est tard mais je ne dors pas. Je suis dans cette pièce, face à ce gendarme qui tape ma déposition ou du moins ce que je crois être une déposition, sur son clavier d'ordinateur. Un vieux PC prêt à rendre l'âme à la moindre faute de frappe, au moindre coup de majeur un peu trop appuyé.

Ils se sont relayés à quatre, j'ai repris mon récit depuis le début à chaque fois. Et à chaque fois j'entends le bruit des doigts qui courent sur le clavier pour ne pas perdre un mot de ce que je dis. Le rythme de frappe est bien différent selon chaque gendarme. Chacun a sa mélodie de clavier. Vive et appuyée pour l'un, lente et heurtée pour le second, hésitante et ponctuée de retours en arrière pour corriger les fautes de frappe pour le troisième, légère et quasi silencieuse pour le dernier.

Ce dernier qui me fait face, il a terminé de retranscrire mes dires. Il lève les yeux vers moi, inexpressifs. Il a les yeux cernés. Il est exténué, sûrement par une succession d'astreintes épuisantes.

Alors je me dis que mes doutes, mes sentiments de bizarreries dans ces morts « naturelles », sont bien maigres face à la charge de travail à laquelle ces hommes ont à faire face pour tenter de lutter contre le crime. Comme moi j'étais las par mes vaines tentatives de repousser la mort pendant mes gardes aux urgences ! Les petits bobos me fatiguaient encore plus que les grosses pathologies. Il doit en être de même pour eux, mes histoires à dormir debout doivent les user plus qu'une enquête sur un trafic de stupéfiants.

Au moment où je me fais cette réflexion, le plus gradé entre dans le bureau, une liasse de papiers à la main. Il ne dit pas un mot. Il jette un œil sur l'écran de l'ordinateur. Il appuie sur une touche pour lancer l'impression du document qui vient d'y être martelé.

Les feuilles sortent une à une de l'imprimante dans un bruit de vieille ferraille. Il les prend, et les lit attentivement.

L'imprimante a terminé sa tâche, j'ai l'impression qu'elle aura aussi bientôt terminé son espérance de vie.

L'adjudant termine sa lecture puis me regarde.

— Si je résume bien, on a sept morts sur les bras, tous du même âge, disons entre quatre-vingt-cinq et quatre-vingt-dix ans. Ils sont tous décédés de cause naturelle en apparence, mais ils avaient à chaque fois une ordonnance de votre cabinet à leur chevet. Et, pour couronner le tout, c'est à chaque fois vous qui êtes appelé pour constater le décès.

Et, pour le dernier en date, un mot derrière l'ordonnance nous met sur la voie d'une, comment dire, une anomalie ?

Je résume bien docteur ?

— Oui, c'est exactement cela, réponds-je. Aucune de ces morts ne semble anormale prise séparément, mais toutes réunies ont des points communs troublants. Vous ne trouvez pas ?

— Et ce mot, je lis : « Pourquoi tous ces morts ? », Vous en pensez quoi ? Ça vous est destiné ? Ou est-ce un hasard ?

— Je l'ignore. Mais je me pose les mêmes questions. Pourquoi tous ces morts ? Et pourquoi ou pour qui ce mot ? Pour mettre sur une piste ? Pour éveiller des soupçons ?

— Ou un mot pour mettre les soupçons sur vous ?

— Vous pensez que j'ai quelque chose à voir avec ces morts, adjudant ?

— Je ne pense rien, je constate que vous êtes concerné à chaque fois.

— Ce qui veut dire ?

Il ne répond pas tout de suite. Je commence à être un peu agacé, j'ai l'impression désagréable qu'il ne me prend pas au sérieux. Ou pire, qu'il me prend pour un dingue. D'ailleurs, je commence moi-même à croire que je le suis, dingue.

— Ce qui veut dire que je vais dès demain demander une ouverture d'enquête au Parquet.

— Ça me va adjudant. Je suis un suspect ?

— Vous êtes témoin docteur, c'est déjà bien. Quant aux suspects, il est trop tôt pour le dire. Mais d'une manière ou d'une autre vous êtes impliqué dans cette histoire. S'il y a bien une histoire derrière tout cela.

Je vous laisse repartir docteur, mais vous devez connaître la formule, je vous demande de vous tenir disponible pour la justice, et donner tous les éléments que vous avez en votre possession qui pourraient éclairer les faits.

Bonne nuit docteur.

— Merci. Au revoir adjudant. Bon courage à vous. N'ayez crainte, je suis disponible à tout moment.

Je rentre chez moi. Je suis flapi mais mon cerveau tourne à cent à l'heure. Quelle est cette histoire ? Qu'ai-je à voir là-dedans ? Pourquoi est-ce moi qui ai découvert ces cadavres ? D'ailleurs, s'agit-il vraiment d'une histoire louche ? Forcément, ce mot derrière l'ordonnance et toutes ces simultanéités. Mais je ne parviens pas à tout mettre en ordre.

Je fume cigarette sur cigarette. Je me couche mais ne dors pas, je pense et repense à tout cela.

À deux heures du matin, je n'y tiens plus, je me lève, bois un grand verre d'eau, boucane une cigarette. Mon paquet est presque vide, je me fais la réflexion idiote qu'il faudra que je passe au tabac demain matin ou plutôt tout à l'heure, avant d'aller au cabinet. Le cabinet, dans six heures je reprends mes consultations, et je n'ai pas encore dormi.

Je prends un somnifère, me recouche et finis par trouver un sommeil agité et court. Je me réveille vers cinq heures du matin, vaseux sans avoir vraiment sommeil. Je décide de me lever, de prendre une longue douche. Puis j'avale un café, juste cela, rien d'autre ne passerait. Il est encore tôt, tout le monde dort ou presque. Du moins pas moi.

Juillet 1985

Nous sommes à l'aéroport Roissy Charles-de-Gaulle.

J'ai seize ans. J'ai bien grandi, mais Moshé est plus grand et plus fort que moi. Cela fait six ans que l'on ne se quitte pas. Il est toujours mon grand frère du même âge que moi. Un peu plus mûr, beaucoup plus fort et intelligent.

Nous venons d'obtenir tous deux notre baccalauréat avec deux ans d'avance. Parallèlement nous avons poursuivi notre étude religieuse. Et le sport aussi, les sports d'endurance et de combat. Sorte de défouloir, mais aussi nécessité pour se défendre des quolibets que nous ne manquons pas d'essuyer à l'école ou à la sortie de la synagogue.

Moshé est toujours aussi bagarreur. Il ne se laisse jamais faire. Il a reçu bien des coups, mais en a donné plus encore. Et moi je le suis. Toujours moins prompt à la bagarre, mais ne voulant pas rester en retrait.

Nous partons, Moshé et moi, pour Israël. Notre rêve commun. Aller en Terre sainte. Terre de nos ancêtres.

Nous allons passer au moins un an, peut-être deux, dans un kibboutz, près de Jérusalem la belle. Puis nous voulons rallier une école talmudique, parfaire nos connaissances des textes sacrés et leurs interprétations par nos maîtres.

Pour l'heure, nous approchons de la salle d'embarquement, nos valises posées sur un chariot roulant. Le père de Moshé nous escorte. Sa mère est restée à la maison, déchirée de nous voir partir, ses deux enfants comme elle dit. Mais elle est heureuse que nous accomplissions notre rêve, celui de partir en terre d'Israël. Elle a retenu ses larmes avant le départ. Mais je sais qu'elle pleure de toute son âme, et qu'elle n'a pas fini de pleurer.

Nous embrassons le Reb, passons les formalités douanières et nous retrouvons dans la salle d'embarquement. Les adieux au Reb ont été brefs, peu de mots. Il sait que nous garderons ses enseignements et sa sagesse bien protégés au fond de nous. Et nous savons qu'il nous garde son amour paternel éternellement.

L'avion de la compagnie El AL décolle. Nous sommes en vol pour Israël. Pour la grande aventure.

Mardi 30 mai 2006

Cinq heures du matin. J'ai mal dormi, et si peu. J'avale mon café. J'ai l'esprit embrouillé. Mélange de fatigue et de tourments. Mon chat, éternel et indispensable compagnon, rentre de sa chasse nocturne. Il a ramené un mulot, véritable Attila des rongeurs. Il vient se frotter contre ma jambe en miaulant. Il ne réclame pas de lait, juste de l'affection. En fait non, il vient donner de l'affection. Il a toujours senti quand je ne vais pas bien, et est toujours venu m'offrir son réconfort. Et j'avoue que cela fonctionne à chaque fois. Je le prends sur mes genoux, le gratte entre les oreilles et sous le menton. Je caresse son dos en le massant. Il s'étire de plaisir en ronronnant. Cela dure un moment, une éternité paisible. Puis il est temps pour lui de repartir à la chasse, une taupe doit attirer son attention, avant d'attaquer sa journée de sieste sur le canapé.

Ça m'a redonné un coup de fouet. J'ai besoin de me dépenser, et j'enfile une paire de baskets et un survêtement, chose que je n'ai pas faite depuis des mois, je m'en vais courir, long footing de remise en forme. Je transpire mes soucis. Je crache aussi mes trop nombreux paquets de clopes. Les premières foulées sont raides. Les muscles ne se souviennent pas encore, les poumons ne se dilatent pas suffisamment. Puis, le corps retrouve sa mémoire, la fréquence s'accélère, les muscles retrouvent leur tonus, ils n'ont pas tout oublié. La cadence pousse au maximum, entraînée par ce besoin d'évacuer. La mécanique humaine a des flash-back indépendants de la pensée, les tendons, les muscles savent retrouver leurs fonctions, le cœur fournit l'oxygène à tous ces organes pour courir encore plus vite, comme avant.

Mais c'était loin, trop loin. Depuis je ne bouge pas assez, et clope trop. Alors le corps s'essouffle vite, les muscles se tétanisent, les foulées se raccourcissent. Je deviens rapidement à bout d'inspiration et d'énergie.

Je rentre péniblement à la maison, épuisé mais ravi. Durant quelques instants plus rien n'avait d'importance.

De nouveau je file sous la douche. Je m'habille et prends ma sacoche. Il est temps d'aller travailler.

Je passe devant le bureau de tabac, je ralentis, mais décide de ne pas m'arrêter. Il est temps de me départir de cette fichue frénésie. Je ne sais pas si c'est le bon moment pour arrêter de fumer, mais il n'y a jamais de bon moment pour s'arrêter. Au final, il faut bien un jour renoncer à se donner la mort à un coût exorbitant. Et je ne vais pas remplir les caisses de l'État à coups de taxes sur les cigarettes, en brûlant ma santé par-dessus le marché. Il est donc toujours temps de s'arrêter. Du moins, de tenter.

J'arrive au cabinet, encore et toujours le premier. Je n'ai pas le cœur à l'ouvrage. Mais rapidement, après les premiers patients, cette sensation n'a plus lieu. Ils ont besoin de moi, et moi j'ai besoin d'eux. Pour justifier ce que je suis, ce que je fais.

Il y a autant d'honneur et de satisfaction à soigner un malêtre, qu'à diagnostiquer une maladie rare et complexe. Surtout si les soins portent leurs fruits.

Je ne me suis jamais senti aussi utile qu'en SMUR, où, en quelques secondes, il fallait poser un diagnostic, agir autant techniquement qu'intellectuellement. Pas de place au doute, pas de temps pour l'hésitation, il faut agir juste et bien, et surtout vite. Belle et longue expérience que la vie d'urgentiste.

Août 1986

Cela fait plus d'un an que nous sommes, Moshé et moi en Israël. Notre vie au kibboutz se déroule mieux que nous aurions pu l'imaginer. Nous partageons notre temps entre les travaux au sein de la collectivité, et l'étude talmudique. Notre rabbin est un homme sage et d'une immense science. Nos condisciples vont sur la même voie que nous.

Et puis, nous n'avons plus à subir les moqueries et provocations comme auparavant. Nous sommes chez nous.

Certes, il y a une insécurité frappante, une crainte de l'attaque terroriste palestinienne. Certes, les contrôles de sécurité sont lourds et inquiétants. Mais nous vivons sur notre terre. Au milieu des nôtres.

Moshé n'a plus à se battre contre les provocateurs. Mais je sens qu'au fond de lui il a envie de protéger le pays Israël, comme il me protégeait moi en France. Je sens son désir de servir sa nouvelle patrie.

Nous partageons un dortoir commun avec les autres garçons du kibboutz, nous avons deux lits accolés. Aussi, le soir, lorsque tous dorment, épuisés par les labeurs aux champs et autres tâches d'entretien, puis par les leçons du rabbin, Moshé et moi continuons de parler, de tout, comme deux frères, deux amis que rien ni personne ne peut séparer.

Quand il me sent fatigué, il prend un peu de mes tâches sans rien dire, quand j'ai faim, il me donne un bout de sa portion. Quand je ne comprends pas un passage du Talmud, il prend le temps de me l'expliquer. Il est puissant, dans tous les sens du terme.

Un soir, il me dit de but en blanc :

— J'ai envie de rester ici

— Au kibboutz ?

— Non, ici en Israël. Pas toi ?

— Si, je me sens bien, c'est le plus beau pays du monde, même si je ne connais pas les autres. Et Jérusalem est la plus belle ville qui puisse exister.

— Alors, restons. On n'a qu'à s'engager dans l'armée de Tsahal et prendre la nationalité israélienne.

— D'accord, je suis avec toi.

C'est aussi simple que cela, nous n'avons pas besoin de disserter durant des heures. En quelques mots nous nous comprenons, et tombons d'accord.

Le lendemain matin, alors que nous sommes aux champs, je vois le rabbin s'approcher de nous, de son pas lent et mal assuré à cause de sa vue qui décline.

Il porte toujours, quel que soit le temps, son chapeau noir sur la tête, sous lequel il n'oublie jamais de poser la kippa. Mais ce matin, il a l'air triste.

Il se poste devant nous. Il regarde Moshé d'un air attendri et dit de sa douce voix : « Moshé, viens avec moi, j'ai à te parler. Elisha, suis-nous aussi, tu dois entendre également ce que j'ai à dire. »

Nous le suivons vers la synagogue, inquiets. C'est la première fois qu'il nous parle ainsi. Avons-nous fait quelque chose qui le rende triste ?

En arrivant à la synagogue, le rabbin se place face à nous, il pose la main droite sur l'épaule de Moshé, et la gauche sur la mienne. Il lève les yeux vers Moshé et lui dit, aussi tendrement que possible :

« Moshé, je viens d'apprendre que tes parents sont décédés hier soir. Un incendie a ravagé leur maison. Il n'y a rien eu à faire. Qu'ils reposent en paix ! Tes parents étaient des gens bons et honnêtes, que la volonté du seigneur soit accomplie. » Il se tourne vers moi et dit :

«Tu as également perdu une nouvelle famille. Je sais ce qu'ils ont fait pour toi à la mort de tes parents. Je sais que tu es aussi triste que Moshé. Mais tous deux devez vous soutenir pour rester forts. Vous avez le droit d'avoir de la peine, vous devez pleurer vos défunts. Mais gardez toujours la foi. »

Puis il observe le silence, nous laissant à notre chagrin. Les larmes coulent toutes seules de mes yeux, je cherche le regard de Moshé mais il est perdu dans le vide. Il reste droit, perdu pour la première fois depuis que je le connais. Et cela rajoute encore plus à ma peine.

Puis le rabbin convoque une assemblée d'homme, afin de composer un *mynian*. Alors Moshé se met à réciter le Kaddish. Sa voix tremble. La prière est à peine audible. C'est à moi maintenant d'être fort pour le protéger.

Mardi 30 mai 2006

J'ai mal au crâne ce matin. Peut-être à cause de l'effort trop violent ou sûrement en raison du manque de sommeil. Et puis j'ai beaucoup trop fumé hier soir. C'est comme si un étau serrait ma boîte crânienne, la rendant trop étroite pour mon cerveau. Celui-ci est comprimé et les vaisseaux battent, au rythme du cœur, pour donner une douleur insupportable. J'avale deux comprimés avec une tasse de café avant de faire rentrer mon premier patient.

Rien de bien méchant, elle vient pour renouveler son traitement pour ses insomnies. Impossible de lui parler de sevrage de ses hypnotiques, elle ne peut pas se passer de ses cachets pour dormir. Je lui pose deux ou trois questions, pour la forme. Je rédige son ordonnance, la lui tends. Elle me donne sa carte vitale, et me tend le chèque déjà rempli correspondant au tarif de la consultation. Les patients font très souvent ça, préparer la somme juste à l'avance.

En fait, il y a plusieurs catégories de patients en ce qui concerne le paiement de l'acte. Ceux qui ont prévu le chèque ou le billet adéquat, et qui attendent la fin de la consultation pour le donner. Ceux qui connaissent le prix, mais qui attendent le dernier moment pour rédiger, parfois histoire de gagner quelques minutes de consultation. Ceux qui demandent à chaque fois le montant, et prennent un air surpris en entendant la somme, alors qu'elle n'a pas changé depuis plusieurs années. Ceux qui font mine que c'est trop cher. Ceux au contraire qui trouvent que ce ne l'est pas.

Ceux, à part, qui posent le chèque ou le billet, surtout le billet, sur le bureau au début de la consultation, et qui montrent ainsi qu'ils en veulent pour leur argent.

Ceux qui viennent à plusieurs, passent une première consultation, payent pour une consultation, et, une fois le chèque rempli et posé dans le tiroir du bureau voué à cette fonction, qu'ils ont bien repéré, demandent que la deuxième personne, voire toutes les autres qui l'accompagnent, soient examinées. Ils ne payeront pas une seconde fois, ils considèrent que c'est un tarif forfaitaire, ils ont pris un seul rendez-vous, et même s'ils viennent à plusieurs, ils ne doivent régler qu'une consultation. Difficile de réclamer, surtout quand ils se lèvent après avoir pris le lot d'ordonnances et partent sans trop attendre.

Ceux qui n'ont pas d'argent sur eux, qui disent qu'ils vont revenir régler, et qui ne reviennent souvent pas. Variante : ceux qui disent qu'ils n'ont pas d'autre moyen de paiement sur eux que la carte bancaire, triomphants de pouvoir échapper à la facture. Pour ces derniers j'ai trouvé la parade, j'ai installé un lecteur de carte bancaire. Quelques-uns uns ont pâli quand ils ont sorti leur fameuse phrase :

— Je n'ai que ma carte bancaire, je repasserai payer plus tard.

— Ce n'est pas grave, j'ai l'appareil à cartes bleues.

Ils n'ont pas le choix, il faut qu'ils s'acquittent.

Ceux qui viennent pour un petit bobo, et qui se lèvent, le bobo soigné, en disant : « Je ne vous dois rien docteur ? » Au début je répondais par la négative. Maintenant je ne me démonte plus, je réponds : « Si, le prix d'une consultation, vous connaissez le tarif, il n'a pas changé. Ce n'est pas une histoire pécuniaire, encore que je ne travaille pas pour la gloire, et que je ne me nourris pas uniquement d'amour et d'eau fraîche, il faut bien gagner sa vie. Mais c'est surtout une question de principe. Il y a eu acte médical, qui s'achève par une prescription, un conseil, un acte technique ou tout cela à la fois, il y a alors passage à la caisse, c'est normal un point c'est tout. »

Les patients bénéficiant de la CMU, eux n'ont pas ces soucis, il leur suffit de tendre leur carte vitale, et le règlement est fait pour eux par la caisse d'assurance-maladie. Encore qu'une fois j'ai eu une jeune femme qui soldait toujours ses consultations et celles de son fils. Le jour où j'ai installé la télétransmission des feuilles de soins par informatique, en introduisant sa carte vitale dans mon appareil, j'avais constaté qu'elle bénéficiait de la CMU. Je m'étais écrié qu'elle aurait dû me le dire auparavant, qu'elle n'avait pas à payer, je me faisais régler par la caisse. Elle a répondu simplement qu'il était normal pour elle de régler les honoraires. Depuis je suis parvenu à lui faire entendre raison, elle a peu d'argent et bénéficie à juste titre de cette CMU.

Enfin, royal et méprisant, un patient se lève, jette un billet de cinquante euros sur mon bureau, me dit de garder la monnaie et refuse la feuille de soins pour se faire rembourser. Il est au-dessus de ça !

Donc, cette patiente me donne le chèque, je me lève pour la raccompagner à la porte. Elle reste assise et me dit : « Mais, vous ne m'avez même pas pris ma tension docteur ! » Je fais marche arrière et prends mon brassard à tension et mon stéthoscope, en disant « Ah, oui, c'est vrai, la tension, des fois qu'elle ait changé depuis un mois ! »

Et je lui mesure sa pression artérielle qui bien entendu est normale.

Les patients sont obsédés par la tension, les chiffres en général, mais surtout la tension artérielle. Une consultation n'en est pas une si on n'a pas procédé à ce rituel médical.

« Vous vous rendez compte, le docteur ne m'a même pas pris ma tension ! » Nonobstant madame vous êtes venue pour une verrue plantaire, je doute que votre tension soit mauvaise.

Toutefois non, il faut prendre la tension de chaque patient. Même si un médecin est mauvais, s'il prend systématiquement la tension il sera apprécié. En revanche, un bon médecin, qui pose de bons diagnostics, mais ne prend pas toujours la tension, n'est pas si bon que ça.

C'est la même chose pour les chiffres, obsession du poids des bébés pour les parents, même à deux jours d'écart.

Pire encore, la température, mais ça, ils le font chez eux, certains prennent la température rectale à leurs enfants, super, tous les jours. Une véritable obsession. Et même si l'enfant se porte bien, s'il ne se plaint de rien, dès qu'il a 37°8 C, ils accourent chez le médecin. On ne sait jamais. « Mais 37°8 C ce n'est pas de la fièvre, c'est normal ! Et si vous ne voulez pas que votre enfant ait de la fièvre, ne prenez pas la température !!! »

Pour les plus vieux, ce qui compte aussi c'est le cholestérol. Il leur faut leur dosage de cholestérol, sinon rien ne va. Même s'ils sont très vieux.

J'ai eu le cas d'un homme qui exigeait une prise de sang pour sa mère, centenaire, afin de vérifier son taux de cholestérol. J'ai eu beau lui expliquer qu'à son âge, même si le taux de cholestérol est affreusement élevé, je ne la mettrais pas au régime, et ne lui prescrirais encore moins un traitement. À cent ans, elle ne risque plus rien de ce côté-là, autant la laisser manger ce qu'elle veut, et lui épargner la prise d'un comprimé aux effets indésirables fréquents et pénibles. Il n'a rien voulu entendre, n'en a pas démordu. Moi non plus. Ils ont changé de médecin !

En contrepartie, beaucoup renâclent à pratiquer des examens de dépistage, tels le frottis cervical pour dépister précocement un cancer du col de l'utérus ou une mammographie pour le cancer du sein. Tant que leur tension et leur cholestérol sont bons, tout va bien.

C'est une lutte quotidienne pour pratiquer une médecine cohérente. N'agréer que les examens pertinents, et éduquer pour le reste.

Ainsi le démontre l'exemple de cette femme quinquagénaire, qui ne mange du saumon pas plus d'une fois par mois, cela donnerait le cancer (de quoi je l'ignore). Elle dit cela en fumant un clope, le paquet y passant dans la journée ! Ah ! C'est sûr, elle risque un cancer, mais sûrement pas à cause du saumon, pauvre poisson injustement accusé, mais le tabac…

Il faut faire avec, accepter un peu de démagogie pour mieux éduquer les patients une fois qu'ils vous font confiance.

Mais même quand vous avez acquis leur confiance, il en faut peu pour la bousculer et que vous soyez remis en doute.

C'est une journée normale de consultations. Pas de quoi fouetter un chat. Encore que je ne vois pas pourquoi je flagellerais un chat !

Non, rien de neuf sous le soleil. La journée est remplie, ni plus ni moins. Je suis un peu détaché, les événements des jours précédents, et surtout ceux de la veille au soir me semblent lointains. Peut-être à cause de la fatigue, peut-être grâce à mon chat, peut-être en raison de mon histoire.

Je rentre chez moi, toujours seul, ma femme et mon fils ne sont pas encore rentrés. Ils ne rentrent pas avant une semaine. Le molosse me fait la fête, toujours un peu excessif, mais il est ainsi, trop plein d'affection. D'aucuns diront qu'il est collant, moi je dis qu'il donne sans attendre en retour, pas comme certains humains. Il est heureux de revoir son maître et le lui montre, sans tabous ni barrières. Il a une façon plus énergique de montrer son attachement que les matous. Les deux me conviennent. J'aime le côté calme et serein du chat, son indépendance attachante, mais j'aime également l'affection débordante et remuante du chien. Il se précipite sur une pantoufle pour la prendre dans sa gueule, non pas pour la donner, je ne suis jamais parvenu à lui inculquer cette éducation, en fait je n'ai jamais vraiment cherché à le faire. Non, il prend le chausson et grogne en mettant ses oreilles en arrière, en agitant la queue et l'arrière-train qui va avec. Il fait le tour de moi cent fois, passe entre mes jambes, tente d'attirer mon attention en me grattant brutalement la cuisse avec sa patte. Tout cela dans un débordement de joie de sa part. Je le caresse, prends un de ses jouets pour le lui lancer, il court après, et le manège continue ainsi de longues minutes. Instants de retour à la vie normale. Les animaux ont ce pouvoir de vous ramener sur terre, de vous faire oublier vos soucis. Leur regard suffit à vous réconcilier avec une mauvaise journée. Ils ne sont jamais de mauvais poil, comble pour un animal !

Le chien se calme, il aurait poursuivi sa fête, mais la gamelle de croquettes servie l'a brusquement stoppé dans sa frénésie.

Je peux enfin rentrer dans la maison proprement dite, les greffiers dorment sur le canapé. Activité hautement capitale chez eux. Ils ne se lèvent pas pour venir festoyer, non, eux, ils poursuivent leur sieste. Rien ne les perturbe, pas une oreille ne bouge. Les moustaches longues et fines ne tressaillent pas. Juste l'un des deux, mon préféré, daigne étirer une patte en bâillant, épuisé par sa longue journée de sommeil.

Puis il passe au rituel de la toilette, d'abord les pattes, avec une langue active qui récure de long en large chaque patte, allant de haut en bas, et en insistant bien sur les coussinets et entre les griffes. Ensuite vient le tour des oreilles, lavées méticuleusement par le bord de la patte préalablement léchée. Ensuite c'est le dos, dans une posture improbable, en total déséquilibre, prêt à chaque instant à s'effondrer du canapé, mais il n'en est jamais rien, l'équilibre est précaire mais stable. Enfin c'est le ventre puis la queue, toujours dans de grands mouvements de langue de haut en bas, à un rythme soutenu. La toilette dure longtemps, mais est suspendue dans le temps qui semble s'être arrêté. Je peux souvent rester ainsi à le regarder faire. Ne pensant à rien d'autre que ce spectacle pourtant pluriquotidien d'hygiène.

Les animaux, et surtout les chats, ont cette beauté gestuelle, cette grâce que rien ne peut égaler. Ce félin qui ressemble à un lion miniature, est le plus beau du monde. Son regard est franc, perçant. Rien ne lui échappe. Et quelle douceur que son pelage quand il vient se lover dans mes bras.

Il ne joue plus comme quand il était bébé, si mignon et attendrissant, maintenant il chasse comme une panthère.

Il fait encore jour, il n'est pas si tard que cela. J'allume la télévision, les informations viennent de commencer. Le monde tourne sur la tête, les gens se déchirent, s'entre-tuent. Des magouilles financières viennent entacher le monde politique, comme si ce dernier était propre et net ! Rien ne va dans le monde. Et puis ça y est, on commence à nous abreuver de nouvelles sur la santé de tel ou tel joueur de football. La coupe du monde de ballon au pied va bientôt commencer. Alors l'état de santé d'un joueur de baballe est plus important que l'état sanitaire au Pakistan, pourtant victime il n'y a pas si longtemps d'une catastrophe sismique.

Mais c'est ainsi, un footballeur est plus adulé qu'un chanteur de rock, lui-même plus porté aux nues et connu qu'un écrivain talentueux ou qu'un scientifique qui découvre des thérapies nouvelles et sauvera par là même des millions de vies !

Attention, je n'ai rien contre le football et les footballeurs. Je n'ai rien pour non plus.

En fait, si j'ai contre le foot, j'ai vu ces images de supporters avinés se taper les uns sur les autres. J'ai vu ces spectateurs, adorateurs des icônes païennes, insulter un joueur parce qu'il est noir. J'ai vu ces mêmes primates abreuver de mots grossiers un arbitre parce qu'il a fait son boulot. J'ai vu ces écervelés faire le salut nazi, en arborant fièrement des croix gammées sur leurs torses gras.

Alors j'ai une dent contre le football, non pas contre les joueurs, ceux qui gagnent des millions en tapant dans une balle ronde pour la mettre dans une cage à filets, en même temps que des types se lèvent à pas d'heure pour ne gagner qu'à peine de quoi nourrir leurs enfants en suant toute la peine du monde. Au même moment des millions d'enfants sont tués par la faim et des maladies dont le moindre salaire annuel d'un footballeur pourrait payer les doses de vaccins suffisantes pour les éradiquer. J'ai un certain dégoût pour ce déballage de fric, cette indécence et incohérence à s'enquérir du sort d'un genou de joueur, alors que d'autres sautent sur des mines antipersonnel.

Qu'à cela ne tienne, pendant quelques semaines je ne regarderai pas la télévision, moins encore que maintenant.

Je n'ai pas très faim. Je sers une tasse de lait pour les chats. Même s'ils ne réclament pas encore, cela ne saurait tarder. Et pour moi, je me sers un morceau de pain avec du fromage, plat hautement nutritionnel.

Août 1986

Moshé n'est plus vraiment le même depuis la mort de ses parents. Il parle moins, me parle moins. Je le comprends quelque part. Il m'avait offert sa famille à la mort de mes parents, je n'ai rien à lui offrir à la mort des siens. Je suis au moins aussi malheureux que lui, j'ai perdu ma seconde famille, celle d'adoption spontanée.

Nous sommes moins souvent ensemble ces derniers jours. La dernière fois que nous avons été côte à côte, c'était le jour de l'enterrement de ses parents. Enfin, ce qu'il en restait.

La volonté de Rabbi Déranovitch était d'être enterré en Terre sainte. Les corps calcinés du Reb et la *Rebbetzin*, ont été rapatriés. L'enterrement a eu lieu dans un cimetière proche du kibboutz. Le Kaddish a été récité. Et Moshé est entré dans son année de deuil. Il a, comme moi, déchiré un pan de ses vêtements, rituel juif à la mort de la famille.

Nous avons repris nos activités, en silence. Mutisme que je respecte.

Lundi 5 juin 2006

L'après-midi est chargée. Je suis en plein travail quand la secrétaire me passe un appel. Le docteur Bouvier veut me parler.

Le docteur Nicolas Bouvier, je me souviens bien de lui. Camarade de promotion, nous avons passé nos examens ensemble. Grand échalas sec, passionné de médecine légale dès nos études. Nous avions aussi fêté la réussite de nos examens ensemble.

Puis il a pris naturellement la voie de la médecine légale. Il a eu un parcours brillant, et est devenu médecin légiste. Expert auprès des tribunaux, légiste renommé, il est revenu dans le coin il y a un an ou deux, après avoir exercé ses talents dans le sud de la France, du côté de Marseille.

J'avais eu des nouvelles de lui par un autre camarade de promotion. Mais je ne lui avais pas parlé depuis quelques années.

— Salut Vincent, dit-il de sa voix rocailleuse, voix de gros fumeur qu'il est.

— Bonjour Nicolas, comment vas-tu ? Cela fait longtemps que je n'ai pas de tes nouvelles.

— Ça va, plutôt bien même.

Toujours aussi loquace. C'est sûr que le contact permanent avec les morts et les divers prélèvements, depuis des années, ne rendent pas bavard un homme au départ peu enclin à la conversation.

— Je t'appelle parce que je suis chargé de l'autopsie du corps de ton patient, monsieur Bader.
— Ce n'était pas un de mes patients. Mais peu importe, qu'as-tu découvert ?
— Une chose assez curieuse. Quand j'ai vu ton nom dans le dossier, je me suis dit que tu pourrais être intéressé par la cause de la mort de ce patient.

Il emploie toujours, et ce depuis nos études, le mot de patient pour un mort. C'est sa faculté à lui, et donc, les cadavres sont ses patients.

— Tu as trouvé quelque chose ?

Je commence à m'impatienter, il ne m'appelle pas pour rien, je le connais.

— Oui. *Aconit Napel*, tu connais ?

Toujours aussi logorrhéique à ce que j'entends !

— Bien sûr que je connais l'Aconit Napel. Tu veux dire que monsieur Bader est mort d'une intoxication à l'Aconit Napel ?

Je suis obligé de parler pour lui…

— Tiens donc, tu connais ça ? Ce n'est pourtant pas fréquent.

Cette intoxication me rappelle quelque chose, je lui raconte :

— Il y a quatre ou cinq ans, j'ai reçu aux urgences un jeune homme, vingt-cinq ans, pour malaise avec perte de connaissance. Le tableau clinique était bizarre, il avait une parésie des membres inférieurs, et des troubles du rythme cardiaque. Il n'avait pas de fièvre, pas de point d'appel. Pas de traitement ni d'antécédents particuliers. Pas de toxicomanie évidente. Il s'agissait d'un serveur de nuit dans un bar.

J'avais entrepris un traitement symptomatique, avec correction de sa bradycardie. On s'était penché sur le cas avec les réanimateurs et les cardiologues. Rien n'expliquait son état. Au bout d'un moment, il avait retrouvé sa conscience. Après un interrogatoire minutieux, la seule chose qui avait retenu mon attention était qu'il se soignait par les plantes.

Il était victime d'insomnies, il travaillait la nuit, et avait du mal à dormir le matin en rentrant chez lui. Alors il se fabriquait des gélules à base de plantes, recette qu'il avait trouvée dans un bouquin en librairie « Comment se soigner par les plantes ! ». Il était un peu « Peace and love ». Il se prenait pour Rika Zaraï !

Bref, ses pilules, il les fabriquait en séchant des racines d'une plante qui s'appelle Aconit Napel, il les broyait et les mettait dans des capsules vides d'ultralevure. Ça marchait plutôt bien, il dormait avec cette recette.

Or, ce jour-là, comme il avait du mal à s'endormir, croyant en l'innocuité des plantes, il avait pris trois gélules au lieu d'une.

J'avais alors effectué une recherche sur le net, il y avait effectivement de tels cas d'intoxication à l'Aconit Napel, qui donnaient les mêmes signes.

J'avais demandé au biologiste de l'hôpital d'effectuer des analyses sur ses prélèvements sanguins et urinaires.

Bingo, il présentait bien un empoisonnement à l'Aconit Napel. C'était la première et dernière fois que je voyais un tel cas. Cela avait fait sensation au sein de l'hôpital. Les réanimateurs s'étaient emparés du dossier, heureux de pouvoir présenter une publication dans un journal médical, sur un cas rare d'intoxication par les plantes.

Et comble de tout, il cueillait ces graminées dans le jardin de ses beaux-parents. Heureusement que c'était une intoxication involontaire. Tu imagines, on aurait pu soupçonner sa belle-mère de l'avoir tué !

Il s'en était tiré sans dégâts, mais avec une certaine réticence à la médecine par les végétaux.

— Eh bien ! Sacré cas. Bien sûr ce n'est pas toi qui avais signé l'article à l'époque, tu t'étais fait damer le pion par d'autres aux dents plus longues ? !

— Exact, je n'avais pas d'ambitions de publications. Je ne savais que soigner, pas me pavaner dans les revues et congrès.

— C'est bien toi, et je suppose que tu n'as pas changé ?

— Pas d'un poil. Tu es déçu ?

— Non, c'est tout à ton honneur. Bon, pour en revenir à Monsieur Bader, j'ai effectué des prélèvements pendant l'autopsie. Rien d'apparent lors de l'examen de corps, rien de flagrant en l'ouvrant. Alors j'ai effectué des prélèvements systématiques. Et les résultats sont revenus. Il avait un taux important, dans le sang qui restait dans la rate, d'Aconit Napel. Moi aussi je connais cette plante. Et les effets sont exactement ceux que tu as décrits. Donc, il ne faut pas chercher bien loin, un petit vieux, au cœur fragile, ne résiste pas à l'ingestion d'Aconit Napel.

Il est bien bavard d'un coup ! Ah la passion du métier, ça délie les langues…

— J'en ai touché un mot au juge, et les gendarmes sont retournés sur place recueillir divers éléments à ma demande, dont son pilulier. Son aide ménagère lui préparait ses médicaments pour la semaine.

Et bien, tiens-toi bien, dans des gélules de *dafalgan,* j'ai trouvé de l'Aconit Napel !!! Et bien sûr de faibles traces de paracétamol !

Tu vois où je veux en venir ? Quelqu'un ou bien lui-même, a remplacé le paracétamol qu'il prenait systématiquement toutes les six heures pour ses douleurs, faut dire qu'il était perclus d'arthrose, je comprends qu'il avait mal, par de l'Aconit Napel.

C'est une histoire de dingues ! Un beau cas d'empoisonnement, qui aurait pu passer totalement inaperçu.

Je suis bluffé, beau diagnostic docteur Bouvier !

— Attends, ce n'est pas tout, le juge a demandé l'exhumation des six autres cadavres dont tu as parlé. Je n'ai les résultats que pour deux d'entre eux, ils avaient des traces d'Aconit Napel dans le sang. J'attends pour les quatre autres, mais je te fiche mon billet qu'il en sera de même. On a mis le doigt sur une sale affaire mon pote !

Je reste sans voix, contrairement à lui. Je réfléchis, effectivement, tous les patients avaient des piluliers, chose pratique pour ne pas se tromper dans la prise des médicaments à cet âge-là. Surtout quand la vue baisse et avec les médicaments génériques dont la forme n'est jamais la même. Au moins avec un pilulier, on est sûr que le patient prend les bons médicaments à la bonne heure.

Sauf que là, on est aussi certain que le bonhomme va ingérer le poison qu'on a placé dans quelques-unes des gélules.

Mais qui a fait le coup ? Ça n'est pas un suicide, je vois mal sept vieillards connaître et broyer des racines dans le seul but de se tuer. Il y a d'autres moyens de se donner la mort, beaucoup plus simples et connus.

L'aide ménagère ? Ce serait la même qui s'occupait de tous les patients ? Peu probable, et je vois mal une aide ménagère *serial killer* de petits vieux ! Mais c'est à vérifier, on peut tout voir dans ce monde.

Donc, cette histoire tient debout. Ces sept morts ne sont pas naturelles. Quelqu'un se cache derrière tout ça. Et d'une manière ou d'une autre j'y suis mêlé.

Mince ! De là à ce que l'on me soupçonne, il n'y a qu'un pas !

Nicolas au bout du fil me parle, je n'entends plus. Il finit par attirer mon attention en criant. Je lui fais part de mes réflexions. Il avait eu les mêmes déductions que moi. Sauf que lui ne me soupçonne pas. Il me connaît, et c'est suffisant pour ne pas me prendre pour un psychopathe tueur de vieillards.

Il raccroche en promettant de me tenir au courant du reste des analyses. Je l'ai remercié de m'avoir prévenu.

Janvier 1987

Après un an et demi de kibboutz, Moshé, qui est presque redevenu le même, et moi avons pris notre décision.

Dans moins d'un mois nous aurons intégré l'armée de Tsahal. Nous savons que nous allons passer par un entraînement rigoureux. Mais les sports pratiqués, alliés aux travaux dans les champs, nous ont pourvus d'une excellente condition physique.

Nous sommes bien en Israël, et voulons y rester. Alors nous allons faire notre service militaire qui dure deux ans. Cela n'est pas une contrainte, bien au contraire. Nous percevons en nous cette hâte et ce désir de servir la patrie qui nous a reçus.

Le Rabbin a bien pris notre requête, il s'est occupé de tout. Même s'il est triste de nous voir partir pour l'armée, il savait depuis longtemps que cela finirait ainsi. Il connaît le caractère combatif de Moshé, et le mien, plus pacifique. Il sait qu'à deux nous détenons un juste équilibre.

Moshé est redevenu le défenseur qu'il était envers moi, et je sais par avance que ce n'est pas prêt de s'arrêter quand nous serons dans l'armée.

Nous sommes allés sur les tombes de ses parents, leur annoncer notre décision. J'aurais aimé aller sur celles de mes parents et grands-parents, mais pour l'heure il n'est pas question d'un retour en France.

Alors, j'ai demandé aux dépouilles de ma seconde famille de rassurer mes aïeuls. Tout ira bien pour nous, nous avons cette force insensée que procure la dualité.

Il fait froid, nous sommes engoncés dans nos longs caftans, mais Moshé ne paraît pas souffrir du temps glacial.

Lundi 5 juin 2006, 20 h 00

Je rentre chez moi, ma femme et mon fils sont de retour depuis samedi soir. Hier j'ai raconté toute l'histoire à ma femme. Elle a écouté attentivement. C'est la seule qui ne me prend pas pour un fou, ne me juge pas. Elle comprend mes doutes et m'apporte son précieux soutien.

Et quelle joie de revoir mon bébé. C'est incroyable comme il a changé en si peu de temps. Je ne veux plus le quitter aussi longtemps. Ce fut une bouffée de bonheur en le prenant dans mes bras pour la première fois depuis ces jours qui me sont apparus comme interminablement longs.

La sonnette de l'interphone retentit, qui peut venir à cette heure-là ? Un patient, peu probable, ils ont vite compris qu'en dehors d'une urgence, je ne consulte plus après être rentré du cabinet.

Je vais au portail, l'ouvre et tombe face à face avec l'adjudant de l'autre soir. Sa mine est sombre, il est visiblement préoccupé.

Il ne s'embarrasse pas de formules de politesse. Il va droit au but : « Vous devriez venir avec moi docteur ! ». Le ton est impératif, je n'ai pas à discuter. J'avertis juste mon épouse que je dois m'absenter. Elle comprend.

Je m'apprête à monter dans ma voiture quand le gendarme m'interrompt. Il me fait signe de le suivre vers la sienne. Je monte côté passager et demande : « Que se passe-t-il ? » Décidément je suis loquace moi aussi.

— Nous avons découvert un autre de vos patients qui a passé l'arme à gauche, de la même manière que les autres.

— Qui ? J'ai le cœur serré

— Un dénommé Monsieur Lambert, quatre-vingt-cinq ans. Le même scénario que pour les précédents, avec l'ordonnance à votre nom à ses côtés.

— Intoxiqué par l'Aconit Napel ? Demandé-je d'un ton inquiet.

Le gendarme me regarde d'un air sévère :

— Vous êtes au courant pour ce poison ?

— Oui, Nicolas Bouvier m'a contacté pour m'en parler.

— Bien, ça m'évite de vous l'expliquer.

— Dites-moi Adjudant, vous me suspectez ?

— Non, sinon je ne vous emmènerais pas sur les lieux du crime. Son ton est devenu plus doux.

— Pourtant il y aurait de quoi, non ?

— Si, mais c'est vous qui avez donné l'alerte. J'ai la conviction que vous n'en êtes pas l'auteur, vous n'auriez pas laissé ces ordonnances en évidence, vous ne nous auriez pas mis sur la piste. Ou alors vous êtes un dangereux psychopathe qui se joue de nous. Chose que j'ai du mal à croire venant d'un ancien militaire, même si c'était l'armée israélienne.

Il est bien renseigné sur moi. C'est son boulot.

— Mais on vous garde à l'œil tout de même si ça peut vous rassurer, ajoute-t-il.

Bien sûr que cela me tranquillise !

— Alors pourquoi m'emmenez-vous vers la scène de crime ?
— Pour avoir votre avis, vous trouverez peut-être quelque chose qui nous échappe. Et j'aimerais que vous examiniez le corps avant qu'on ne l'embarque pour l'autopsie. On ne sait jamais.

Je ne dis plus rien, l'appartement du vieil homme est situé dans une maison de repos, aux meublés individuels.
Nous nous garons, l'adjudant m'explique que personne parmi le personnel soignant et d'entretien n'a rien vu de particulier ces derniers jours.

L'examen du cadavre ne m'apporte pas grand-chose, si ce n'est un profond malaise. Cela commence à devenir trop. Je regarde partout autour de moi, prenant soins de ne rien toucher, afin de ne pas brouiller d'éventuelles empreintes digitales, qui revêtiraient une importance capitale pour l'enquête. Rien ne me saute aux yeux. Rien de plus que cette collection de livres sur le régime de Pétain, collection déjà présente chez monsieur Georges. Je me dis qu'il me faut me souvenir de ce détail. Après tout, toutes les pistes sont bonnes à prendre. Mais, j'ignore pourquoi, je ne le mentionne pas au gendarme.

Il me raccompagne chez moi. Le silence règne dans l'automobile.

En rentrant, ma femme ne pose pas de questions, elle attend que je sois décidé à lui parler. Je lui décris la scène, et lui mentionne à elle cette autre coïncidence que représentent les ouvrages dans les rayonnages. Mais encore une fois, quoi de plus logique chez quelqu'un de sa génération.

Certes, mais je m'étais fait au départ la même réflexion concernant les similitudes des passages à trépas !

Mars 1987

Depuis deux mois nous poursuivons un exercice intensif au sein de Tsahal. Rien à voir avec avant. Aucune comparaison avec les efforts que nous avons pu fournir pendant nos besognes dans les champs du kibboutz. Rien de commun non plus avec nos exercices de combats de notre jeunesse.

Ici la discipline est rude. Les manœuvres sont ardues. Les instructeurs impitoyables. On nous apprend le maniement des armes, toutes les artilleries. On nous forme aux combats rapprochés, plus virulents que nos petites bagarres d'enfance. La théorie est concise, la pratique est réelle

Comme toujours, Moshé s'y montre plus efficace que moi. Il est doué. Et doté d'une volonté indéfectible.

On ne nous épargne rien, d'ici quelques semaines nous devrons être opérationnels pour le terrain, la vraie bataille contre le terrorisme, la lutte pour préserver l'intégrité et la liberté du pays dans lequel nous sommes.

Les journées passent vite, entre l'entraînement physique, la pratique de l'assaut, la maîtrise des langues arabes, l'histoire de notre pays, pas un instant pour s'ennuyer.

Tous ont pour exemple ici Ariel Sharon, non en tant que Premier ministre, mais en tant qu'ancien militaire à la tactique et au courage reconnus de tous.

Nous attendons nos ordres de missions, avec notre affectation.

Jeudi 8 juin 2006

La sonnette de la porte d'entrée me réveille. Je regarde mon radio-réveil, il n'est que six heures trente. Ma femme dort encore, le bébé aussi.

Je me lève rapidement, malgré la léthargie qui engourdit encore mes yeux et mes pas.

Qui peut bien venir carillonner à cette heure-ci ?

J'enfile un peignoir, chausse mes ridicules pantoufles, usées d'avoir trop souvent été mâchouillées par mon cabot.

Je me dirige vers la porte d'entrée, pas assez vite semble-t-il. Le carillonneur timbré fait encore des siennes.

Je presse le pas, je ne veux pas qu'il réveille la maisonnée.

J'ouvre la porte, à moitié ébloui par le soleil qui s'est déjà levé, lui, depuis un moment. Deux gendarmes m'apparaissent sur le pas de la porte.

« Que se passe-t-il ? ». Ma voix est rocailleuse, la veille au soir j'ai craqué, je me suis replongé dans un tabagisme actif. Et comme toujours, quand je reprends la clope, je fume plus qu'avant.

« Voulez-vous vous habiller et nous suivre docteur ? ! » Me dit l'un des deux protagonistes, sur un ton qui n'incite pas à la réponse négative. Je trouve néanmoins le moyen de m'octroyer une douche, je suis incapable de quoi que ce soit le matin sans une bonne giboulée dans ma baignoire.

Vêtu d'un jean et d'un polo, je monte dans la voiture banalisée, accompagné par les deux militaires. Je n'ai eu que le temps de laisser un petit mot rassurant sur la table de la cuisine à l'intention de ma douce.

Ils me conduisent vers les bureaux de la brigade de recherche. Mon adjudant préféré m'y attend derrière la table qui lui sert de pupitre.

Il m'offre un café, que j'accepte volontiers. Il est infect, mais on fait avec ce que l'on a. Leur cagnotte ne doit pas être très pourvue, j'y songerai quand ils passeront vendre leur calendrier en fin d'année.

Il attaque d'emblée, à peine le café avalé :

— Docteur, vous êtes mêlé à une sale affaire. Tous les patients que vous avez déclarés morts de cause naturelle, ont en fait succombé à une intoxication au poison.

— Je sais, Aconit Napel. Ma voix n'a pas encore retrouvé son timbre naturel. Il faudra plusieurs cafés pour cela.

— Oui, vous savez, le docteur Bouvier vous a fait part de ses découvertes. Pas très réglementaire comme attitude. Mais entre confrères, vous vous serrez les coudes.

— Et, donc, vous me soupçonnez ? Je dois appeler un avocat ? Je sais, ma répartie tombe un peu à plat, mais collez-vous-y à cette heure-là !

— Vous faites partie des suspects, bien sûr. Comme toutes les personnes qui ont pu côtoyer toutes ces victimes. D'autant plus qu'en tant que médecin vous êtes bien placé pour connaître les poisons létaux.

— Et pour signaler les faits à vos collègues ?

— Effectivement ? Cela ne colle pas. Disons qu'il y a un certain nombre de points à éclaircir. Par exemple, quels étaient vos liens avec les victimes ?

— Des patients, rien que des patients mon adjudant. Et encore, pas pour tous.

— Pourquoi est-ce vous qui avez été appelé à chaque fois pour constater le décès ?

— C'est une bonne question, je me la pose sans cesse. Comme vous, je n'en détiens pas la réponse.

— Nous avons vérifié votre emploi du temps, vos visites chez ces patients remontaient bien avant la mort. Par ailleurs une enquête de voisinage tend à montrer que personne ne vous a vu dans les parages des lieux des crimes durant les jours qui ont précédé le passage à trépas. Enfin, vos empreintes, nous les avons récupérées dans votre dossier militaire israélien, n'apparaissent nulle part sur les gélules ou les piluliers. Ce qui en soi n'est pas une preuve de votre innocence, vous êtes bien placé pour vous procurer des gants.

Il en sait long sur moi le bougre !

— Pour tout vous dire, je suis persuadé de votre innocence. Mais il y a quelque chose qui me chiffonne chez vous, et je compte bien découvrir quoi !

— Merci de votre confiance. Je vais tâcher de ne pas vous décevoir.

— Ne jouez pas l'insolent avec moi. Je suis de votre côté. Comme vous, je recherche la vérité. Aidez-moi plutôt que de vous payer ma tête !

— Désolé chef, je ne voulais pas vous froisser. Cette histoire me turlupine autant que vous, c'est ma façon de ne pas tourner chèvre.

— Mes supérieurs ne sont pas autant convaincus que moi de votre innocence. Ils veulent un coupable, vous en faites un tout désigné. Alors il nous faut découvrir la vérité et vite. Dans votre intérêt comme dans le mien.

Et surtout dans celui des victimes ! ajoute-t-il pour clore la discussion et m'empêcher de la ramener.

Juin 1987

Nous avons été affectés à une unité d'élite, Moshé et moi. Une unité de combat et de missions spéciales.

Nos supérieurs ont été satisfaits de notre volonté, de notre aptitude à combattre sans nous soucier de nous-mêmes. Nous donnons tout et sans compter.

Et puis, ils ont décelé cette amitié au-dessus de tout, cette union qui fait que l'un ne laissera jamais tomber l'autre. Union qui peut se révéler très utile au cours d'une mission délicate et périlleuse. Ils ont fait fi du risque qu'une telle fusion pouvait représenter, être plus attentif à l'autre qu'à soi peut se révéler dangereux, mais peut aussi être un atout de luxe.

D'ailleurs l'une de nos premières missions a mis en évidence ces qualités.

Nous étions un petit commando, avec pour objectif de libérer un groupe d'otages, en territoire ennemi. Il s'agissait d'une embuscade. Nos renseignements, justes mais incomplets, nous avaient mis dans une fâcheuse posture.

Nous avions trouvé les otages à l'endroit indiqué par les services de renseignements, et nous procédions à leur évacuation, après avoir abattu les terroristes chargés de leur surveillance. Du travail propre et sans bruit.

Tout à coup le piège s'était refermé, nous étions encerclés de combattants acharnés, déterminés à nous capturer ou à nous abattre sans le moindre scrupule. Un des nôtres était touché à la cuisse. Notre formation obligatoire aux soins d'urgences avait limité le saignement. Mais il fallait l'évacuer au plus vite.

Les tirs fusaient de partout. Des snipers étaient planqués un peu partout dans ce piège au labyrinthe imprenable. Moshé avait chargé le blessé sur ses épaules, le portant comme s'il s'agissait d'un simple paquetage. Je m'étais mis dos à lui pour couvrir ses arrières. Les autres s'occupaient d'encadrer les otages.

Moshé avait insisté pour que les autres membres de l'équipe utilisent le vecteur de fuite pour s'occuper des otages, nous nous chargions du blessé.

Le camion blindé qui nous attendait avait réussi à prendre la route, chargé des prisonniers libérés, encore sous le choc.

Moshé et moi restions en retrait, le blessé sur les épaules de mon camarade. Il n'y avait pas assez de place dans le camion, et nous avions une bonne centaine de mètres de retard sur nos coéquipiers.

Nous devions attendre qu'un autre camion vienne nous chercher.

Nous avions trouvé un coin abrité, Moshé avait posé notre éclopé, et nous avions rechargé nos armes.

J'avais procédé à une injection d'antibiotiques et d'antalgiques par voie intraveineuse, gestes appris lors de notre formation. Son état était stable. Mais il fallait déguerpir de là !

Pas le temps d'attendre le blindé, les autres en face allaient bien finir par nous trouver. Nous ne pouvions passer inaperçus.

Moshé avait repéré une voiture seule dans une rue à quelques pas de là. Nous avions pris la décision, sans nous concerter, de la rejoindre et de filer avec.

Moshé avait repris notre soldat sur ses épaules, il ne pouvait plus utiliser son arme. Il ne restait que moi pour tirer au besoin.

Collés l'un à l'autre, nous avions avancé d'un pas rapide, pour rejoindre le véhicule. Des ennemis nous avaient repérés. Ils nous canardaient. Je leur rendais la pareille, tirant à tout va.

Moshé avançait sans crainte, il n'avait qu'un objectif en tête, cette fichue bagnole !

Nous arrivions à sa hauteur. J'étais prêt à ouvrir la porte arrière pour y déposer notre blessé, quand j'ai entendu « Eli ! ». Pas besoin de déchiffrer. Moshé me prévenait. Je m'étais retourné vivement, juste le temps de voir le canon du fusil qui me braquait. J'avais tiré plus vite que l'assaillant. Il était tombé dans un bruit sourd.

Moshé n'avait pas perdu de temps, il me faisait confiance pour me départir de ce danger. Il avait posé notre ami à l'arrière, ouvert les portières avant, mis la voiture en marche par je ne sais quel moyen dont il détenait le secret. Il avait fait demi-tour pendant que je m'assurais de l'absence d'autres tireurs potentiels. Je tirais quelques rafales pour nous couvrir. La voiture arrivait à ma hauteur, je n'avais plus qu'à sauter dedans, la portière ouverte de mon côté.

Nous avions roulé pied au plancher, Moshé était concentré sur la route, et moi sur les alentours, abattant un adversaire au tournant de quelques rues. C'était eux ou nous, pas de discussion possible.

Au final, nous avions rejoint nos lignes. Le blessé s'en était tiré sans trop de mal, juste une cuisse douloureuse pour ses vieux jours.

Nous n'aurions jamais pu nous en sortir sans cette confiance et cette compréhension muette.

Nous avions été félicités par les chefs. Mission réussie, blessé ramené au camp. Pas de pertes humaines, pas de perte d'otages.

Pour ma part, je remerciais les médecins militaires, qui avaient su nous former pour affronter quelque blessure que ce soit. Être capable d'apporter les premiers soins, indispensables à la survie d'un combattant.

J'avais une certaine admiration pour ces toubibs, efficaces et sobres. Un exemple de « self-control ». Je désirais devenir comme eux.

Il m'arrive souvent de les suivre, de compléter ma formation de base à leur contact. Ils sont blindés, efficaces et humains. J'aime ces médecins. Ça me tenterait bien de devenir l'un des leurs.

Jeudi 8 juin 2006. 11 heures du matin

Je sors de la brigade. J'ai répété ma version des faits une énième fois.

Je semble hors de cause. J'ai de la chance de tomber sur un enquêteur compétent et cohérent. Il croit en ma version. Peut-être en raison de mon statut d'ancien militaire. Peut-être parce que je suis médecin, donc a priori quelqu'un de bien. J'ai tué durant ma vie, mais que pour sauver ma peau et celle de mes camarades. Il le sait, il a compris qu'un type comme moi ne peut pas tuer sans raison. Il doit comprendre qu'un gars de mon genre n'est pas capable d'assassiner des petits vieux sournoisement à coup de poisons. Si je dois abattre quelqu'un, c'est arme au poing et face à face. Et pas sans motifs.

Je ne suis pas fier d'avoir ouvert le feu sur des hommes, mais je n'avais pas le choix.

Enfin, si j'avais le choix. J'aurais pu ne pas m'engager dans l'armée, je savais à quoi m'attendre en entrant dans cette voie. Mais je l'ai fait en toute bonne foi. Non dans l'espoir fou de me battre et de tuer. Mais dans celui plus avouable de défendre mon pays, protéger mes compatriotes d'adoption. J'avais fait le choix, je l'ai assumé, je l'assume encore.

Maintenant je n'exerce plus ces fonctions. Mon boulot c'est de soigner, de guérir. Pas de liquider des braves gens.

Je n'ai pas envie de rentrer à la maison tout de suite. J'envoie un texto sur le portable de ma femme pour la rassurer, lui dire que tout va bien.

Je tourne en rond dans ma voiture. Je fume clope sur clope. J'ai vraiment repris cette saleté de cigarettes. J'ai commencé à fumer à l'armée justement, pour faire comme tout le monde, pour soigner le stress des missions. On croit que c'est facile, qu'un type bien entraîné n'a pas d'états d'âme. Et bien non, pas du tout. Bien au contraire, chaque mission est angoissante. Heureusement d'ailleurs, sinon ce serait suicidaire. Un type prêt à se faire flinguer est un danger. Cela donne un terroriste !

Et puis, je n'avais pas peur que pour moi, mais aussi pour Moshé, et pour tous mes compagnons d'armes.

J'avais peur de tuer également. C'est ridicule ? Pas tant que cela. Quel monstre peut tuer un homme sans sourciller ? Ce n'est pas parce que le geste est précis et efficace que le combattant est dépourvu d'âme et de charité. Tuer est un calvaire, malheureusement nécessaire quand on a affaire à des terroristes. Mais quand c'était évitable, je m'en passais bien.

Les choses sont différentes maintenant. Je suis médecin, mari et papa. Trois fonctions qui m'occupent à plein-temps. Trois missions hautement importantes et honorables. Et parfois au moins aussi angoissantes que d'être militaire !

Toujours est-il que j'ai une affaire sur les bras. Et je ne sais pas par quel bout la prendre. Qui a bien pu coller cet Aconit dans ces gélules ?

Je suis tellement pris dans mes pensées que je ne vois pas que le feu est passé au vert. Le type derrière moi se met à klaxonner comme un forcené. Le temps que j'enclenche la vitesse, il m'a gratifié de plusieurs appels de phares, autant de bras d'honneurs et de noms d'oiseaux à en juger par ce que je vois dans mon rétroviseur.

J'ai réagi trop tard, le feu tricolore est repassé au rouge. Je stoppe ma progression, attendant bien sagement le prochain passage au vert. Cela ne plaît pas du tout à mon nouveau copain !

Il descend de sa voiture, s'approche d'un pas décidé de la mienne. Le monde est fou, le voilà décidé à me casser la figure pour un retard au démarrage ! Quoi de plus stupide qu'un automobiliste ?

Il frappe à mon carreau. J'actionne l'ouverture de la vitre électrique. Le gars est rouge de colère. Il me traite de tous les noms. Que de vocabulaire quand il s'agit de dire des cochonneries ! Il sous-entend que ma mère serait une femme de petite vertu, que je serais le fruit d'une union bâtarde, et d'autres choses aussi intelligentes. Il me convie, si l'on peut nommer cela une invitation, à descendre de ma voiture histoire de s'expliquer, sous-entendu par les poings. Mon silence doit l'irriter encore plus. Mais quoi dire à un type énervé pour rien, et qui ne vous fait même pas peur ?

Il se met à cogner sur ma carrosserie à défaut de pouvoir le faire sur moi.

Il est temps pour moi de lui apprendre quelques rudiments de bonnes manières. On ne se conduit pas ainsi en public ! Non mais, tout de même !

Je descends donc de mon automobile. Le gars a l'air surpris par ma tranquillité. Cela ne dure que l'espace d'une seconde. Il reprend vite ce qui lui sert d'esprits. Il se rue vers moi, selon une technique assez rustre. J'ai tôt fait de lui retourner le poignet, le mettant dans une position assez inconfortable et douloureuse. Je pourrais appuyer un peu plus le geste, son poignet et son épaule en seraient brisés. Je pourrais également lui assener divers coups, tous plus déplaisants les uns que les autres. Mais je n'ai pas l'humeur d'être désagréable. Je me contente de garder cette prise jusqu'à ce qu'il se calme. La douleur et le sentiment d'impuissance ont pour effet de calmer les ardeurs lutteuses de n'importe quel crétin.

Il ne vocifère plus, du moins ne prononce plus d'insultes, il est passé aux cris de douleur, un autre registre qu'il maîtrise tout autant.

La leçon a assez duré, je lâche prise. Il ne demande pas son reste, remonte dans sa voiture sous les regards moqueurs des autres automobilistes et passants. Il est passé du statut de type qui en a, à celui qui a honte. Difficile après une telle démonstration de son courage, d'en imposer à sa femme et son fils, tous deux assis patiemment dans l'automobile, certainement accoutumés à ses us verbalistiques de conducteur haineux.

Je remonte dans mon véhicule. Pas très fier de moi. La violence ne résout rien. Mais ce n'est pas une raison pour se laisser importuner. Encore moins de se faire démolir le portrait par un ramolli du bulbe ! Ce type ne m'a fait ni chaud ni froid, juste un ahuri à qui j'ai évité de se faire mal.

Je reprends mon chemin pour je ne sais où. J'ignore à quel endroit aller. Je passe finalement au cabinet, jeter un œil sur mon courrier. Rien de particulier, encore et toujours des prospectus de laboratoires vantant les miracles de leurs nouveaux ou anciens médicaments. Quelques paperasses diverses et des comptes rendus d'avis spécialisés demandés par mes soins.

Je connecte mon ordinateur, pas de messages. Une journée somme toute banale en dehors de cette matinée sur les chapeaux de roues.

Je jette un œil distrait sur mon cahier de rendez-vous du lendemain, il est déjà plein. Pas beaucoup de places pour d'autres patients si le besoin se fait ressentir.

Il est déjà midi passé. Je n'ai pas très faim, mais il faut tout de même rentrer chez moi. Je vois peu mon bébé, il faut en profiter au maximum. Il a tellement changé en si peu de temps.

La vie est bien différente maintenant, paisible. Rien à voir avec celle d'avant, quand j'étais plus jeune, partagé entre deux contrées. Quand j'étais militaire à la solde d'un pays qui reste à jamais gravé dans mon cœur. Un jour j'emmènerai mon fils là-bas. Un jour, quand ce sera plus calme, je l'espère. Pour l'heure, il vit une existence tranquille, rythmée par les biberons, le sommeil, et la découverte de son environnement.

J'aime cette nouvelle vie. Dommage qu'elle soit de nouveau entachée par de nouvelles morts.

Septembre 1987

Cela fait plusieurs missions que nous accomplissons Moshé et moi, toujours inséparables. Notre complicité nous a maintes fois sortis d'un mauvais pas. À deux, nous nous sentons invincibles. L'un faisant armure pour l'autre. Nous avons quatre yeux, autant d'oreilles. Nos champs de tirs mis bout à bout couvrent un angle de trois cent soixante degrés.

Nous montons en grade simultanément. Notre complémentarité nous attire des éloges. Lui toujours aussi impétueux, moi perpétuellement impassible et tempérant ses ardeurs.

Je lui fais confiance pour tout, il sait se freiner quand je le lui indique. Pas de lutte entre nous, pas d'ambitions personnelles. Simplement cette rage de servir notre patrie, défendre la terre de nos ancêtres.

À l'occasion nous escortons les personnalités. Assurant leur protection armée. Mais le domaine dans lequel nous excellons est l'incursion en territoires ennemis. Nous y effectuons toutes sortes de devoirs, allant du recueil de renseignements, à l'intrusion armée pour libérer un compatriote, ou capturer un intégriste palestinien.

Même si la peur ne nous est pas étrangère, nous l'affrontons bravement, sans retenue. Peut-être parce que ni Moshé ni moi n'avons désormais de famille qui nous attend. Notre seule famille est notre nation.

J'ai revu récemment notre compagnon de libération d'otages, sa cuisse le fait encore souffrir, mais il se porte bien. Il est affecté aux renseignements. Tâches en apparence fastidieuses pour de jeunes fougueux tels que nous, mais stratégiquement capitales. Il nous garde, surtout à Moshé, une reconnaissance éternelle.

Lundi 12 juin 2006

J'ai presque terminé ma matinée de consultations. Je suis prêt à décoller pour les visites à domicile. Ma dernière patiente a une sacrée infection bronchique. Avec elle, il n'y a que les piqûres d'antibiotiques dans les fesses qui ont un effet. Alors je ne déroge pas aux coutumes thérapeutiques de cette charmante vieille dame.

Quand je lui remets ma prescription, avec l'ordonnance pour des injections intramusculaires d'antibiotiques à faire par une infirmière à domicile, elle est catastrophée.

— Qui va venir me faire mes piqûres docteur ?

Je suis surpris

— Votre infirmière habituelle, celle qui vous fait vos prises de sang.
— Ce n'est pas possible docteur, elle n'est plus là !
— Comment çà, plus là ? Elle n'est pas partie à la retraite, elle est trop jeune !
— Mais, vous n'êtes pas au courant docteur ?
— Au courant de quoi ?
— Les gendarmes l'ont arrêtée, elle est au poste. Il paraît même qu'elle va aller en prison !

— Madame Janval ? Pourquoi l'ont-ils interpellée ? Pour trafic de *doliprane* ? Je tente un petit peu d'humour, ça tombe à l'eau.

— C'était dans le journal ce matin, ils l'ont arrêtée pour le meurtre par empoisonnement de sept personnes âgées ! Vous ne lisez pas le journal docteur ?

Je suis abasourdi, je ne réponds pas, de toute façon non, je ne lis pas le journal local, je ne lis que les quotidiens nationaux et internationaux.

Madame Janval, coupable de ces meurtres ! Je ne parviens pas à y croire !

C'est pourtant vrai que c'est elle l'infirmière qui quadrille le secteur. Il n'est pas illogique de penser qu'elle était la soignante commune des victimes. Mais alors, pourquoi les aurait-elle tués ?

Ça ressemble à une mauvaise fiction. Quel mobile aurait pu la conduire à les assassiner ? Qu'avait-elle à y gagner ?

Si les gendarmes l'ont interpellée, c'est qu'ils devaient avoir des éléments. Mais tout de même, quelque chose me dit que ce n'est pas cela la solution du problème, comme un sixième sens.

Bon d'accord, je me prends pour Sherlock Holmes !

De toute façon, moi aussi je suis passé chez les gendarmes, ce n'est pas pour autant qu'ils m'ont gardé, et encore moins que j'étais coupable de quoi que ce soit.

C'est vrai, elle devait être l'infirmière commune des défunts. Cela constitue forcément une piste à explorer pour les enquêteurs. Ils font leur travail. Rien ne doit être laissé au hasard.

Quelque chose me dit que cette infirmière va vite rentrer chez elle, lavée de tous soupçons. Du moins pour la justice. Il n'en sera pas de même pour l'opinion publique. Pour eux, interrogatoire rime avec coupable. Sa réputation sera entachée. Au moins jusqu'à la découverte du véritable assassin. Et encore…

Printemps 1989

Je suis à bord d'un avion de la compagnie El Al, mais cette fois-ci dans l'autre sens. Je reviens vers Paris.

Pas mal de temps s'est écoulé depuis mon dernier vol. Tellement de choses se sont passées.

Je rentre en France, pour de bon. Je vais m'inscrire à la faculté de médecine, dans la ville où j'ai grandi.

Moshé s'est engagé dans l'armée à la fin de nos deux ans de service militaire. Il est fait pour ça. Pas moi.

Nous nous sommes quittés, je doute que nous nous revoyons un jour. Notre dernier échange fut une bagarre, la première, entre lui et moi. Aucun n'a gagné, tous deux avons perdu.

La lutte a été rude. Une empoignade acharnée, pour imposer son point de vue. Il voulait que l'on fasse une chose que je ne voulais pas. On a dû en venir aux poings.

Mais je n'ai plus envie de penser à tout ça. Une nouvelle vie, encore une, m'attend.

Je n'ai que de maigres économies, mes soldes de militaire ne vont pas chercher très loin. Mais ce sera suffisant pour patienter un peu, le temps de trouver un job compatible avec les horaires de la faculté.

L'avion va atterrir. Je regarde par le hublot, pris d'une soudaine nostalgie. Le temps d'avant, quand j'étais enfant, me manque. Et Israël me manque aussi déjà. Il pleut sur Paris. La vie n'y est pas la même qu'à Jérusalem.

Je n'ai pas rompu avec Israël, je me suis promis d'y retourner aussi souvent que possible.

Je récupère mes bagages. Passe la douane sans encombres. Sorti de l'aéroport, j'allume une cigarette, j'ai pris cette mauvaise habitude durant mes années de service.

Je regarde autour de moi. J'ai l'impression de débarquer sur une autre planète. Les préoccupations d'ici n'ont rien à voir avec celles de là-bas.

Je hèle un taxi, je lui demande de me conduire à la gare Saint-Lazare. Je rentre chez moi, dans ma ville d'avant.

J'ai de la chance, un train part dans moins d'une heure. Je flâne un peu au hasard des rues en attendant. Il n'est pas très tard, mais le soleil s'est couché depuis un moment, parti du côté du Moyen-Orient.

Il va me falloir me réhabituer à la pluie, aux journées courtes.

Je retourne sur mes pas, et m'arrête au comptoir de la gare prendre un café. Il n'a pas d'arôme, moins encore que celui qui nous était servi à la cantine de la caserne, c'est dire.

J'achète mon billet de train, le composte et monte dans le premier wagon. Les gens y sont mornes, gris et préoccupés. Il n'y a pas la même couleur que dans les bus israéliens. En Israël il n'y a pas de trains, ce sont des autobus qui assurent les liaisons entre les villes. Et ces bus sont souvent la cible d'attentats. Si les gens de ce train savaient que les chauffeurs d'autocars doivent s'entourer de toutes les protections avant de démarrer leur engin. Pourtant les gens sont heureux dans les bus.

Ici, dans ce wagon, il règne une atmosphère d'enterrement. Alors qu'il n'y a pas grand-chose à craindre côté explosifs.

Pas d'odeurs de *falafels* chauds, pas de *bagels* non plus. Et pas de soleil. Cet astre qui donne le teint mat aux gens, qui les rend joyeux.

Le trajet dure une heure. Rien de particulier, en dehors d'une poignée de skins qui déambulent dans les couloirs. Ils essaient d'effrayer ces gens déjà moroses. Ils passent à côté de moi, sans me remarquer. Ils ont repéré une jeune fille deux sièges derrière le mien. Elle est seule. Elle n'ose pas les regarder en face, espérant ainsi les dissuader de l'ennuyer.

Ils s'approchent d'elle, commencent à lui parler sur un ton peu encourageant. Facile d'être virils à cinq.

Puis leurs gestes sont plus familiers, accompagnés d'incitations à des pratiques sexuelles dont la jeune fille n'a visiblement pas envie.

Ils insistent un peu trop. Je me lève et dis « foutez-lui la paix ! » Ils se retournent vers moi « Ta gueule, tronche de macaque ! » Bel étalage de vocabulaire.

Ils font comme si je n'existais pas, et reprennent leur cour vulgaire auprès de la jeune fille. Si Moshé avait été là, ils ne seraient déjà plus en état de prononcer le moindre mot.

J'effectue un geste rapide, qui vient prendre le poignet d'un des intellectuels, lui retourne le bras dans une clé douloureuse et imparable. Il pousse des cris de souffrances, pire qu'un mouton qu'on égorge. Ah, le courage, ça fait crier…

Un de ses acolytes tente de me frapper assez lourdement, trop lent, il s'est déjà pris un coup de poing dans le sternum. Ça fait mal et coupe toute velléité agressive.

Le troisième n'a pas le temps de se rendre compte de la situation qu'il a déjà le nez cassé dans un claquement sec de mon pied sur son beau visage au crâne poli.

Le quatrième et le cinquième subissent sensiblement le même sort, si ce n'est que là c'est un bras ou une épaule qui craquent. Ils ne sont pas près de reprendre leurs convoitises de jeunes damoiselles de sitôt. Le tout n'a duré que l'espace de quelques secondes. Du travail propre et sans bavures, tel que l'on me l'a enseigné, et que je l'ai maintes fois appliqué.

Je n'ai rien de plus à faire dans ce wagon. Les types sont suffisamment amochés pour ne plus pouvoir importuner qui que ce soit. Je prends mon paquetage et change de voiture. Je n'ai pas envie de m'attirer des histoires avec la police dès mon retour en France. Surtout pas pour avoir corrigé une bande de crânes rasés avec rien en dessous.

De toute façon le train arrive déjà en gare.

Je saute sur le quai et disparais rapidement dans la nuit. Bienvenue dans ton pays mon ami !

Septembre 1989

J'attaque ma première année de médecine. J'ai tellement admiré les toubibs dans l'armée, leur sang-froid, et leur utilité, que je suis la même voie qu'eux.

Je ne suis pas encore trop vieux. Même si dans l'amphi, lors des cours, mes camarades de promotion me semblent bien jeunes. De vrais gamins pour la plupart, et nombre d'entre eux sont fils de bonne famille. Ils n'ont pas de soucis d'argent. Et sont encore couverts de boutons d'acné juvénile.

Moi non lus je n'ai pas de soucis d'argent. Je me contente de peu, un petit appartement modeste, peu de meubles et beaucoup de bouquins.

J'ai vite trouvé un boulot de videur de boîtes de nuit à mon arrivée. Faut dire que je sais me débrouiller avec les types avinés qui cherchent querelle. Je travaille les nuits du jeudi, vendredi et samedi. Et de temps à autre je fais un supplément pour une soirée dans la semaine, ou un week-end de protection rapprochée pour des hommes politiques ou des stars du show-biz de passage. Il m'arrive de monter sur Paris faire ce genre d'extras. J'ai cette capacité à calmer rapidement et sans heurts les plus récalcitrants, et mon expérience fait de moi un type efficace et discret.

J'ai une carrure suffisamment impressionnante pour dissuader, et une mise en action rapide pour calmer ceux qui passent outre les biceps.

Ce n'est pas que ce job me passionne, mais il me nourrit, paye mon loyer et mes bouquins. Je profite des trajets en train pour étudier, et j'ai pour habitude de peu dormir la nuit, ce qui me laisse pas mal de temps libre pour m'entraîner et apprendre mes cours.

Les cours sont durs, non pas par leur contenu, mais plus par le fait que j'ai un peu de mal avec le français, je ne l'ai plus vraiment pratiqué depuis des années. Mais je m'en sors, et je travaille avec d'autant plus d'acharnement.

Et, contrairement aux petits jeunes de la fac, j'ai la tête sur les épaules et ne me répands pas dans les soirées étudiantes, arrosées de bière et de drague.

Je noue peu de relations, faut dire que je n'ai pas énormément de points communs avec mes camarades. Je suis un peu solitaire, et cela me convient assez. Je n'ai pas de temps libre pour faire la fête, ni l'envie d'ailleurs. Je préfère lire et faire du sport à mes moments perdus. L'entraînement du corps et de l'esprit. Une belle combinaison pour réussir.

Les semaines défilent à grande vitesse. Les cours s'enchaînent. L'ambiance est de plus en plus tendue dans les couloirs de la fac, les examens font trembler beaucoup d'étudiants. La lutte est rude, seulement quatre-vingts élèves pris pour huit cents qui se présenteront à l'examen final de première année.

Alors tous les moyens sont bons pour déstabiliser les autres candidats. Certains piquent les cours des autres lors des pauses, histoire qu'ils ne puissent pas les potasser. D'autres, redoublants possédant déjà les cours, tentent de perturber les leçons, pour brouiller la prise de notes des primants.

Je ne rentre pas dans ce jeu-là, j'évite toute confrontation avec certains élèves prétentieux. Les universitaires de seconde année viennent aussi perturber les cours par leur bizutage. J'ai dû tirer quelques oreilles pour avoir la paix.

Diverses sortes de rumeurs courent sur moi et mon passé. Et mon statut de gros bras dans les boîtes de nuit que fréquentent nombre de ces étudiants, me confère une réputation de dur à cuire. Alors on me fiche la paix. Je peux étudier en toute tranquillité.

Les examens ne m'effraient pas, si l'on est bien préparé, aucune épreuve ne peut vous désarçonner. Et je suis bien affûté

Mardi 12 juin 2006

Je dois faire une visite au monastère. Eh oui, je suis le médecin attitré des sœurs dans ce prieuré ! Le comble pour un Juif !!! Mais elles sont adorables. J'y vais au moins une fois par semaine. Elles s'occupent bien les unes des autres. Les plus valides se dévouant pour les plus touchées.

Il y a également une retraite pour les convalescences, surtout les prêtres qui viennent de se faire opérer ou qui se remettent d'une maladie plus ou moins grave. Le cadre y est agréable, un véritable lieu de recueillement.

La sœur qui m'ouvre la porte et me conduit au chevet des malades, est une ancienne infirmière, comme la plupart des religieuses ici. Elles font partie de cette génération d'infirmières nonnes qui exerçaient dans les hôpitaux pendant et après-guerre. Elles ont fait preuve d'un grand courage.

Notamment l'une d'entre elles, qui avait à peine vingt-cinq ans à l'époque, et dont l'on m'a raconté qu'elle tenait la dragée haute aux Nazis. Elle ne se laissait pas démonter. Et en tant que sœur, les Nazis n'osaient pas trop la brusquer. La crainte de Dieu, qui ne les a pas empêchés de commettre des crimes atroces.

Il paraît même qu'elles auraient caché des familles juives, et organisé leur fuite. Pour cela elles méritent le plus grand respect.

Alors un Juif qui soigne des nonnes, cela n'est incongru que pour les imbéciles.

Cet après-midi, la consultation s'arrête tôt, dès dix-sept heures. Et pour cause, c'est le premier match de l'équipe de France de football dans la Coupe du monde du même sport. C'est dire si c'est un moment national capital. La France va s'arrêter de tourner durant deux heures. Personne dans les rues. Les employeurs accordent même des heures de repos pour cause de réunions footballistiques devant des écrans LCD vendus en masse par les magasins d'appareils électroménagers, pour cause de championnat du monde de balle au pied.

Qu'à cela ne tienne, je vais avoir un après-midi tranquille pour une fois. Je ne vais certainement pas regarder le match, quitte à passer pour un inculte demain, quand tout le monde ira de son commentaire sur les performances de tel ou tel joueur, sur les fautes d'arbitrage, toujours en notre défaveur bien entendu.

J'ai eu une journée pédiatrique. Beaucoup d'enfants fiévreux. Pour la plupart à cause d'une trop longue exposition solaire, ce soleil qui s'est tant fait attendre.

Mon statut de papa me confère une certaine crédibilité vis-à-vis des patients. Ils ont plus de facilité à faire confiance à un médecin en ce qui concerne leurs enfants, quand celui-ci est également un papa.

Novembre 1989

L'année universitaire défile vite, au rythme soutenu des cours, et de mon travail nocturne.

J'ai tenté de me rapprocher de la communauté juive de ma ville. C'est un échec en quelque sorte. Le nouveau rabbin, un jeune homme pourtant, et moi ne sommes pas sur la même longueur d'ondes. Nous ne nous comprenons pas. Il est trop « intégriste » à mon sens. Et cette intolérance mène inévitablement à des affrontements, à des incompréhensions intercommunautaires. Malgré mon passé militaire ou justement à cause de lui, j'ai une tendance pacifiste. Je suis las des combats, las des coups donnés en réponse à une provocation.

Lui ne donne pas de coups, mais ses joutes verbales sont bien plus terribles et dévastatrices. Il n'incite pas par son discours à la paix, la compréhension.

Je n'obtiens pas à la synagogue le réconfort que j'avais auparavant. Certainement aussi parce que j'ai connu une autre génération de rabbins, des hommes plus matures et qui avaient affronté le monde, connu le pire, qui étaient devenus des hommes de paix, quiétude de l'âme et des peuples.

Je ne suis pas parvenu à réunir un *mynian* pour aller réciter le Kaddish sur la tombe de mes parents. Ce qui ne m'empêche pas d'aller leur rendre visite le plus souvent possible. Ils sont une source de force inépuisable en moi.

L'hiver est gris, humide et froid. J'ai un peu la nostalgie du pays. Le soleil, les rues animées, les odeurs me manquent. Ici l'air est vicié, les mines tristes.

J'assiste aux débordements nocturnes des jeunes et moins jeunes. Ils brûlent leur vie dans l'alcool et les drogues, paradis artificiels qui mènent droit à la tombe. Mon gagne-pain consiste à éviter que ces débordements ne dégénèrent. Ce n'est pas de tout repos. Difficile de raisonner un type ivre mort, ridicule comme un singe, voire dégoûtant tel un cochon. Il faut souvent en venir aux mains, non pour cogner, mais maîtriser, imposer sa force.

Ce n'est rien, c'est juste en attendant de devenir docteur. Faire ce job de nuit n'est pas une fin en soi.

Dans les amphis, les étudiants sont angoissés à l'idée des premiers examens qui auront lieu début janvier. Ceux-là même qui passent leurs week-ends à cuver leurs excès éthyliques du vendredi soir. Comme s'ils avaient besoin d'un défouloir, et que tout ce qu'ils avaient trouvé à faire de sensé est d'enfiler des bières et autant de whiskys.

Mardi 12 juin 2006. 20 heures

J'écoute les informations, le drame national est tombé : l'équipe de France de ballon n'a fait que match nul face à la Suisse ! Le drame !

La sonnerie du téléphone retentit, je doute que ce soit un journaliste qui veut obtenir mon commentaire sur le match.

Ça recommence, c'est l'adjudant, il envoie une voiture de patrouille me chercher. Un huitième cadavre a été découvert. Toujours les mêmes circonstances.

Cette histoire commence à bien faire.

J'arrive sur les lieux, les techniciens d'investigations sont déjà en train de relever les empreintes, et d'effectuer des prélèvements au niveau des plaques de médicaments.

Encore un vieillard de quatre-vingt-dix ans. Encore une fois pas de traces de lutte.

Un point important, l'ordonnance date de la veille, et des éléments portent à penser que le stock de médicaments était épuisé avant que mon confrère ne passe renouveler sa prescription. Ce qui signifie que l'infirmière est hors de cause, dans la mesure où le meurtrier ne peut avoir placé l'Aconit, si c'est cela la cause du décès, qu'entre hier et aujourd'hui. Durant tout ce temps la praticienne était placée en garde à vue.

Cela constitue également une piste. Il s'agit nécessairement de quelqu'un qui est passé depuis hier. Les gendarmes sont déjà sur le pied de guerre, ils procèdent méthodiquement à une enquête de voisinage. Trouver un élément susceptible d'identifier l'individu qui est venu au domicile du défunt.

Le criminel est habile, mais il finira bien par commettre une erreur, laisser un indice derrière lui qui permettra de remonter jusqu'à lui.

En attendant, un homme est mort ce soir, et un criminel rôde dans le coin, avec pour seule ambition d'assassiner des vieillards inoffensifs.

Je ne comprends pas, il n'y a pas d'histoire d'argent, pas de tromperies, rien des mobiles habituels de crimes.

Il y a bien une raison pour que ce type ne s'en prenne qu'à des personnes de cet âge ! Mais laquelle ? La réponse doit être là, sous nos yeux, et nous ne la voyons pas. Peut-être est-elle trop évidente. Ce qui est gros ne se voit pas quand on cherche la petite bête.

Mardi 12 juin. 20 heures

Il écrase les racines dans un bol. Il repense à ses victimes. Il a tué neuf fois. D'abord la vieille dame, pour faire comprendre à son mari ce que c'est que de perdre un proche. Il a choisi le poison pour sa cruauté, personne ne peut se défendre contre une intoxication. Puis il a tué les huit autres. À chaque fois il a pillé les racines de ces plantes, dont il a découvert les secrets dans une revue scientifique. Puis il s'est infiltré dans le domicile de ses futurs martyrs, pour vider leurs précieuses gélules et en remplacer le contenu par sa propre préparation médicinale.

Il a bien choisi ses victimes. Une recherche historique sans faille, aidé involontairement par une ancienne connaissance. S'il savait ce qu'il fait de ses sources…

Il prépare la dixième exécution. Comme à chaque fois, il instillera le poison dans les médicaments, le comble, un médicament qui tue. Il pourra ensuite quitter les lieux, en sachant pertinemment que dans les jours à venir, le condamné avalera sans arrière-pensée son remède, croyant soulager ses maux, se vouant à la mort.

Plaisir suprême que de tuer sans se salir les mains, savoir que l'on va atteindre sa cible à coup sûr.

Il sait que l'enquête piétine. Il ne laisse aucun indice derrière lui, ne sème que la mort. Une seule fois il a voulu faire passer un message, ils n'ont pas compris, surtout la personne à qui le mot était destiné. Décidément, il ne comprendrait jamais rien. À lui de lui apprendre à voir les choses en face. À affronter la réalité.

Pour l'instant, il termine sa préparation. Pas besoin de chercher très loin, les jardins dans le coin regorgent de cette plante, en apparence si belle, mais si destructrice à faible dose.

L'heure de la prochaine attaque va sonner.

Dans quelques heures, il va se glisser discrètement chez ce vieil homme dont le nom figure sur sa liste. Il a déjà repéré les lieux. Rien de plus facile que de pénétrer chez lui, de retirer les capsules prescrites par ses propres préparations. Ensuite il ne lui restera qu'à s'éclipser aussi furtivement qu'il est venu. Son ouvrage accompli.

Mercredi 14 juin 2006

Je regarde les informations télévisées. Je ne veux pas rater l'intervention du Premier ministre israélien, invité sur le plateau du vingt heures.

Il est en visite officielle en France, et a visité le mémorial aux Juifs, en inaugurant « le mur aux Justes ». Ce mur où, au même titre que les Juifs disparus sur les autres pas, l'on peut lire la liste non exhaustive des femmes et hommes qui ont œuvré pour empêcher la déportation. Certains avaient caché des familles entières, d'autres avaient recueilli des enfants, d'autres encore avaient pointé à la place des Juifs ou leur avaient fourni de faux papiers. Autant d'actes de bravoure qui auraient pu les conduire à l'exécution.

Cet hommage est le bienvenu, il ne faut pas oublier ces personnes, vieillies maintenant, qui ont agi en leur âme et conscience pour le bien, au risque de leur vie.

L'homme politique israélien a pris la succession d'Ariel Sharon victime de plusieurs accidents vasculaires cérébraux, toujours en vie mais pas hors de danger.

Le Premier ministre remercie la France pour sa lutte contre l'antisémitisme. Le journaliste rappelle que son prédécesseur avait exhorté deux ans auparavant les Juifs de France de quitter sur-le-champ ce pays, pour rejoindre Israël, et fuir ainsi une situation d'antisémitisme qui les mettait en danger.

Il intervient ensuite sur ses rencontres avec les Palestiniens, et sur les tentatives pour établir une paix durable. Les Palestiniens ont au pouvoir des groupes terroristes. Difficile de s'asseoir à une table de négociation avec eux.

Je suis attentivement toutes les informations qui peuvent me venir d'Israël. J'ai besoin de savoir régulièrement, et par tous les moyens, presse écrite, et surtout Internet par l'intermédiaire duquel je peux lire les quotidiens du pays de ma jeunesse. Je communique par mails avec certains de mes anciens camarades, du kibboutz ou de l'armée.

Puis le football reprend ses droits, le monde semble ne tourner qu'autour du ballon rond que se disputent, pas toujours très loyalement, vingt-deux joueurs sur un gazon bien entretenu, ils feraient bien de venir un week-end chez moi, histoire de tondre le mien !

Jeudi 15 juin 2006

C'est mon jour de repos et je compte bien en profiter pour m'occuper de mon petit bout. Il grandit à une vitesse folle. Je n'ai pas envie de passer à côté de son enfance. Il est très éveillé, regarde partout autour de lui, mais surtout nous gratifie ma femme et moi de larges sourires. Il est adorable. Pour lui la vie est simple, mais il nous la rend tellement belle.

L'orage et la pluie se sont abattus sur le secteur depuis trois jours, pas de sortie prévue, juste une journée dans la véranda, à profiter de le voir grandir, un bouquin à la main durant ses périodes de sommeil.

Je me suis levé tôt, et suis allé courir sous la pluie. Je reprends mes bonnes habitudes. J'ai ensuite fait quelques exercices physiques. Je ne suis pas complètement encroûté ! C'est comme la bicyclette, cela ne s'oublie jamais.

Je vais rapidement retrouver une condition physique irréprochable, et enfin réussir à arrêter le tabac, le sport aidant.

La journée se passe comme prévu jusqu'à dix-huit heures. Mon téléphone se met à sonner. Un sixième sens me dit qu'il s'agit encore d'un appel pour moi, et pas pour une bonne raison.

Je décroche, fataliste, et j'ai raison malheureusement. Un autre homme est mort aujourd'hui. Les gendarmes me demandent de venir.

J'y vais, c'est à trois rues de chez moi. Je suis trempé quand j'arrive sur place, je n'ai pas sorti la voiture pour une si courte distance.

L'adjudant est sur place, il m'attendait. Toujours le même schéma de meurtre. Il m'indique rapidement que chez le précédent, il y a eu confirmation de présence d'Aconit, à la fois dans le sang de la victime, et dans les gélules qui restaient dans le pilulier.

Encore le même type de mort, et il n'y aura pas besoin de tests pour le rattacher aux précédents. Sur l'ordonnance, au dos, se trouve une inscription : « Alors docteur, toujours pas d'idée du motif ? Cherche bien, ils méritaient tous la mort ! »

Le gendarme est perplexe, moi de même. Le message m'est adressé, cela ne fait aucun doute. Le patient était l'un des miens, je l'avais vu la semaine passée en visite.

C'est bien ce que je pensais, il y a la cause des assassinats sous nos yeux. Et nous sommes aveugles.

Le tueur se joue de nous, ou plutôt de moi. Il me nargue.

Mince, il va falloir encore combien de victimes pour que je comprenne enfin de quoi il retourne.

Je taxe une clope à un gendarme, j'en ai besoin pour m'inspirer.

Bon, réfléchissons. Toutes les victimes avaient le même âge avancé, habitaient dans le même coin, et toutes étaient des patients de mon cabinet. Nombreux points communs rajoutés à la cause de la mort.

Mais je tourne en rond. Cela ne m'apporte pas de lumières sur ce qui se passe.

Je m'éloigne, ici l'on n'a plus besoin de moi.

J'ai envie d'aller faire un tour du côté de chez ma patiente, voisine de feu Jacques Moutiers.

Arrivé devant sa maison, je vois l'éternel coin du rideau qui se lève.

Je frappe à sa porte, elle m'ouvre et me reconnaît tout de suite, pas très prudent d'ouvrir à des inconnus par les temps qui courent, on a vite fait de se retrouver avec des remèdes empoisonnés.

Elle me laisse entrer, et m'offre de prendre un café. J'accepte volontiers.

Elle me fait remarquer que ce n'est pas si souvent que je prends le temps de partager un café lors de mes visites. C'est vrai, je l'avoue, je suis toujours un peu pressé.

Mais là je suis juste venu discuter avec elle. Je lui demande si elle n'a rien remarqué de particulier les jours qui ont précédé la mort de son voisin.

Elle réfléchit, sa mémoire n'est plus ce qu'elle était. Elle finit par répondre par la négative.

Nous discutons un moment, je lui assure que l'infirmière est hors de cause, ça l'inquiétait.

Puis, je me retire en la remerciant et en l'incitant à m'appeler si elle se souvient de quoi que ce soit.

Je remonte dans mon automobile. Je suis dans une impasse, non en voiture, mais en réflexions

J'aurais bien aimé avoir Moshé auprès de moi, reformer ce duo légendaire, pour m'aider à résoudre cette affaire.

Je rentre chez moi, je m'inquiète de ne plus avoir eu de nouvelles de lui, alors qu'il devait le faire. Je vais chercher où il peut bien se cacher. Après toutes ces années, notre différend doit être passé au second rang. J'ai besoin de lui parler. D'échanger avec lui.

Je me souviens d'une de nos relations communes, en Israël, notre camarade blessé à la cuisse, maintenant agent de renseignements. Il saura peut-être me donner un numéro de portable ou une adresse.

Je décide de lui envoyer un mail. J'en profite pour passer le bonjour à sa femme et ses deux filles. Cela faisait longtemps que je ne lui avais pas écrit.

Je clique sur la touche « envoyer votre message ». Il n'y a plus qu'à attendre sa réponse.

Juillet 1990

Je suis admis en seconde année de médecine. Classé parmi les meilleurs au concours.

Je suis soulagé, mais pas euphorique, j'ai travaillé pour et cela a payé.

Me voilà donc parti pour de longues études, mais avec à la clé le plus beau des métiers selon moi.

Certes il va falloir que je continue mon job de gros bras. Mais c'est pour la bonne cause, il me faut payer mes frais de scolarité, mes bouquins, et puis le loyer et autres factures incompressibles.

Cela ne me dérange pas, je sais que je ne ferai pas ce boulot toute ma vie. Et j'ai suffisamment d'expérience pour déjouer toutes les attaques de types pas clairs.

Il n'y a pas longtemps, j'ai croisé à l'entrée d'une boîte de nuit mes cinq copains de voyage. Les cinq skins abîmés par mes soins.

Ils m'avaient reconnu. Ils n'avaient rien tenté, pas même d'entrer dans la boîte.

Mais en rentrant chez moi à pied, j'ai entendu le bruit de leurs bottes qui claquaient derrière moi. Ils m'avaient attendu, et sûrement pas pour me payer le verre de l'amitié.

Les réflexes de combattant avaient refait surface. Je m'étais mis en embuscade au coin d'une rue. Ils étaient passés devant moi sans me voir et poursuivaient leur chemin, persuadés de toujours me suivre.

J'aurais pu les laisser courir, mais ils seraient revenus à la charge un autre soir. Autant régler le désaccord sur-le-champ.

Je sortais donc de ma cachette, émettais un sifflement à leur intention. Ils s'étaient retournés, pas très vivement, vu la quantité de bidoche autour de l'estomac rempli de bière et de haine.

Le premier avait levé vers moi un gourdin, il a eu tôt fait de se le reprendre en pleine poire, et un genou brisé en même temps.

Les deux autres n'ont pas compris quand les os de leurs bras ont craqué. Le quatrième était plus réticent, pas plus courageux que cela quand on voit ses copains se faire démolir en moins de deux. Il avait tenté une offensive grossière, et s'était retrouvé avec une jambe et une épaule en miettes.

Enfin le dernier voulait me défier en combat singulier. Il portait un coup vers mon orbite droite, de la main droite j'avais agrippé son poignet, retourné dans un bruit sec de craquement, puis un coup à plat de la paume de main gauche sur la jointure du coude avait achevé de lui mettre son bras en plusieurs morceaux.

J'étais débarrassé d'eux pour un sacré bon moment cette fois-ci.

Vendredi 16 juin 2006

Je termine ma longue journée de consultations. La fatigue me gagne un peu. Ces derniers jours n'ont pas été de tout repos.

Je consulte à distance ma messagerie Internet personnelle, il y a un message de mon ami israélien.

Je double clique sur l'icône pour en faire défiler le contenu. Et je commence à lire :

« Cher Elisha, cela me fait plaisir d'avoir de tes nouvelles. Ma femme et mes filles te remercient pour ton mot gentil. Je savais déjà que tu étais papa, et oui, tu sais ici nous sommes au courant de tout, surtout en ce qui concerne nos anciens hommes.

Je n'ai plus de nouvelles de Moshé depuis plusieurs mois. Tu dois ignorer qu'il a été démis de ses fonctions dans l'armée, trop dangereux comme combattant. Il avait un combat personnel à mener incompatible avec sa mission, tu dois en savoir quelque chose, sinon vous ne seriez pas séparés à l'heure qu'il est… »

Je suis interrompu dans ma lecture, le téléphone sonne. C'est la petite dame, voisine de Monsieur Moutiers, qui veut que je passe chez elle. Elle s'est souvenue d'un détail et voudrait m'en parler. D'accord, le temps de fermer le cabinet et je viens.

Je termine tout de même de lire mon message :

« … Il était ensuite devenu une sorte de mercenaire, à la solde de qui voulait user de ses facultés. Nous le surveillions de près, mais il n'apportait pas de dangers pour nous, alors nous avions relâché la surveillance.

Il y a quelques mois, il m'a contacté, par mail lui aussi. Il avait besoin de renseignements sur la Seconde Guerre mondiale. Il semble faire une fixation là-dessus. Il voulait obtenir des listes de noms de gens susceptibles d'avoir eu des fonctions durant la Seconde Guerre mondiale en France. Il voulait connaître les noms des gens impliqués, de par leurs fonctions, dans les déportations juives.

Voilà tout, je l'avais invité à venir en discuter. Il était dans mon bureau quand j'avais été appelé dans celui du patron. Je ne pense pas qu'il a eu le temps, et surtout les mots de passe pour entrer dans mes fichiers. Mais on ne sait jamais avec Moshé.

Je te laisse, c'est bientôt shabbat.

Shabbat shalom Elisha, et Mazal tov pour ton fils ».

Merde, Moshé devenu traqueur de collabos !

Qu'en penser ? Et il était dans le coin ces derniers temps !

Je file chez ma patiente, elle a sûrement des choses importantes à me dire, c'est la journée qui veut ça.

Elle m'attend, la fenêtre entrouverte pour m'entendre arriver. Je me gare devant chez elle. Je suis à peine sorti de ma voiture qu'elle a déjà ouvert sa porte et me dit :

— Entrez docteur, je vous ai préparé du café et des biscuits

— Merci madame, c'est gentil.

Je m'assieds, j'attends fébrilement ce qu'elle doit me raconter, encore perturbé par le mail.

Elle sert le café, dans de jolies tasses en porcelaine, et une assiette pleine de biscuits encore chauds.

Puis elle attaque son discours.

« Vous savez docteur, je sais que vous êtes juif, alors je vous dois un peu de vérité. Monsieur Moutiers était policier durant la guerre. Et il a fait des choses dont je n'aurais plus vraiment envie de parler.

Nous avions rendez-vous tous les lundis soir pour une partie de cartes, c'était un prétexte pour discuter.

Il me racontait sa vie, et moi la mienne.

Il avait besoin de se confier à quelqu'un, il n'était pas très fier de ce qu'il avait fait étant jeune. C'était une période difficile, la faim, le froid, nous rongeaient à cause des restrictions. Et nous étions jeunes, nous ne comprenions pas tout ce qu'il se passait.

Toujours est-il que mon voisin en tant que policier, était chargé de recenser les familles juives, puis de les interpeller pour les confier entre les mains d'hommes de la Gestapo.

Il le faisait, croyant servir son pays et ne se doutant pas de ce qu'il advenait de ces pauvres malheureux.

Des années plus tard il a compris ce qu'il avait commis. Il ne se l'était jamais pardonné. Il est décédé toujours perclus de remords. »

Le récit fait résonance dans ma tête. Je pense au mail, à Moshé qui traque les anciens collabos. Non, ce n'est pas possible, ce n'est pas lui qui a injecté le poison dans les capsules, ce n'est pas lui qui m'a laissé les mots. Il n'a pas pu me mêler à cette affaire en ne sélectionnant que des patients de mon cabinet !

Et pourtant, nous nous sommes quittés tellement fâchés, je commence à saisir le message.

Ma patiente me ramène à la réalité. Elle poursuit :

— Vous savez docteur, je me suis souvenue aujourd'hui avoir vu un homme sortir de chez monsieur Moutiers, une ou deux nuits avant sa mort. Je ne dormais pas, et j'avais entendu du bruit, je ne suis sourde que quand je le veux, ainsi on me fiche la paix, mais j'ai l'ouïe encore très fine.

J'avais regardé par la fenêtre, et vu un homme sortir discrètement.

— À quoi ressemblait-il ? Ma question est impatiente et fébrile, je crains d'en connaître la réponse.

— Je ne saurais trop dire, il faisait nuit. Ce qui m'a surpris, c'est qu'il était vêtu d'un pantalon noir et d'une chemise blanche qui reflétait les lueurs de la lune. Et des fils étranges dépassaient de dessous sa chemise. Je n'ai pas vu son visage.

J'en ai trop entendu, inutile de poursuivre plus loin cet entretien. Inutile de lui demander pourquoi elle n'en a pas parlé à la police. Je sais ce que j'ai à faire et où je dois me rendre !

Janvier 1989

Nous sommes en mission Moshé et moi. Nous avons pour objectif de ramener d'Argentine un ancien Nazi, localisé par nos services de renseignements.

Le trajet en avion a été assez simple. Nous ne parlons pas beaucoup, c'est inutile. Le plan a été étudié longuement avant notre départ. Nous savons exactement ce que nous avons à faire.

Cet homme se planquait depuis des années dans ce pays d'Amérique du Sud, comme nombre de ses condisciples. Il a profité de l'argent amassé par la spoliation des biens de familles juives exterminées, pour vivre une existence paisible dans un pays chaud. Son argent lui permet de vivre sans compter. Une vie de débauche financée par la barbarie.

Notre tâche consiste à le capturer, vivant à tout prix, et le ramener en Israël, où il sera jugé pour les crimes qu'il a commis et commandités.

Nous voyageons sur une ligne régulière, munis de faux passeports. Des agents locaux sont chargés de nous fournir des armes à notre arrivée. Nous ne devons pas établir de contacts avec eux. Leur couverture ne doit en aucun cas être ébréchée.

Une fois que nous l'aurons capturé, drogué, nous aurons pour but de le ramener, toujours sur un vol régulier. Nos avions ne peuvent survoler cette zone sans se faire remarquer. Et un transport héliporté est impossible vu la distance.

Nous débarquons de l'avion dans la chaleur humide de ce pays inconnu. Nous avons bien étudié les portraits pris par nos agents locaux, passé au peigne fin les plans du quartier résidentiel chic où il mène sa vie de pacha. Nous connaissons ses habitudes dans les moindres détails. Gros travail de préparation effectué par les services secrets du Mossad.

Nous avons été formés à la géographie du pays, l'Argentine est une vaste contrée, limitée au nord par la Bolivie et le Paraguay, à l'est par le Brésil, l'Uruguay et l'océan Atlantique, au sud par la confluence des océans Atlantique et Pacifique, et à l'ouest par le Chili.

Nous arrivons à Buenos Aires, capitale située au sein d'une vaste plaine de six cent cinquante mille kilomètres carrés. Zone d'exploitations agricoles et d'élevage appelée « La Pampa », le pays des « Gauchos ».

C'est dans cette capitale que se trouve notre cible. Facile de se perdre au milieu d'un immense pays. Rien de mieux pour ne pas être inquiété pour un ancien criminel nazi.

Nous avons réservé deux chambres dans un hôtel modeste du centre, comme deux touristes. Il fait une chaleur accablante, et nous étouffons dans le taxi qui nous mène à notre pension.

Cela ne nous dérange pas, nous sommes accoutumés à toutes les conditions climatiques.

Nous posons nos bagages. Prenons chacun une douche bien froide avant d'enfiler une tenue plus légère. Puis nous sortons dîner dans une petite gargote. Nous n'avons pas une faim de loup, mais c'est notre lieu de rendez-vous pour récupérer des instructions et des armes.

Tandis que nous sommes attablés devant une spécialité locale, un individu habillé d'un pantalon en lin clair et une chemisette blanche ouverte jusqu'au nombril, portant une paire de lunettes de soleil, passe près de notre table sans nous regarder, et file vers les toilettes. Il porte une petite sacoche à la main gauche.

Il en ressort quelques minutes plus tard. C'est le signal convenu. Il ne s'agit sûrement pas d'un de nos agents, juste un second couteau qui exécute une tâche contre une belle rémunération en dollars américains.

J'attends que la diversion programmée se passe avant de me lever. Soudain, nous entendons un bruyant coup de klaxon accompagné du crissement de pneus, et d'un choc entre deux voitures. Les conducteurs respectifs sortent de leurs véhicules, s'invectivent en rugissant. Dans ces hurlements qui absorbent l'attention des occupants des tables voisines, et celle du serveur, je me lève et me dirige discrètement vers la porte des toilettes. Je repère la seconde cabine en partant de la gauche, y pénètre. La sacoche m'y attend. Je l'ouvre et retire le sac à dos qu'elle contient.

Puis, je tire la chasse pour faire comme si.

Je retourne à ma table. Les cris dehors n'ont pas cessé. Les deux types sont prêts à en venir aux poings. Tout le monde y assiste sans intervenir. Ce doit être une coutume locale qui ne dérange personne. Une sorte de spectacle urbain.

Nous réglons notre note, sortons, le sac sur mon épaule comme si j'étais entré avec. Inutile de moisir plus longtemps dans ce bouge.

De retour à l'hôtel, nous nous enfermons dans ma chambre, je pose le sac sur le lit. Il contient deux revolvers, une trousse pharmaceutique munie d'anesthésiants, et des horaires.

Nous sommes parés pour notre mission. Nous ne passerons à l'acte que le lendemain. D'ici là il va falloir dormir un peu dans cette étuve dépourvue de climatisation.

Nous nous allongeons respectivement dans nos lits, Moshé est reparti dans sa chambre. Nous cogitons le plan préétabli, sachant qu'il y a toujours des imprévus, c'est pour cela que nous sommes entraînés.

Vendredi 16 juin 2006

Je roule à tombeau ouvert. Je n'ai que cinquante kilomètres à parcourir, mais cette distance me paraît infiniment longue. Je n'ai que le temps de cogiter. Pourquoi lui ? Pourquoi a-t-il fait cela ? Pourquoi me visait-il à travers ses meurtres ? Autant de questions auxquelles je n'ai que des réponses partielles.

Je me dirige droit vers la synagogue, je suis sûr de le trouver là. Il a peut-être changé, mais ce soir c'est shabbat, il doit être à la maison de prières. Pourquoi, pour expier ses crimes ?

J'avais eu la joie de le revoir, maintenant une angoisse terrible me prend au ventre. Que vais-je faire face à lui ? Comment réagir ? Hors de question d'appeler la police ou la gendarmerie ! Je dois régler ça moi-même.

Je trouve difficilement à me garer à proximité de la synagogue, la rue est barrée tous les vendredis soirs, des voitures de police sont stationnées pour éviter tout débordement de fanatiques anti-juifs.

Je trouve une place à quatre rues de là. M'y range d'une manœuvre nerveuse. L'office est terminé, j'entre tout de même dans la synagogue. Les gens me connaissent ici.

Moshé est là, près des rouleaux de la Torah, penché dans une attitude de prière. Il prie ! Lui qui a tué tant de gens, je sens la colère monter en moi.

Je me contiens, respire et retrouve un peu de sérénité avant d'aller l'affronter.

Je m'approche de lui. Il lève la tête, il a senti ma présence.

Il ne dit pas un mot, un sourire est même esquissé aux bords de ses lèvres. Nous ne disons pas un mot, il me fait signe de sortir, il me fait comprendre que je dois le suivre.

Je lui emboîte le pas. Nous allons avoir une explication ou une lutte, je suis paré aux deux. Il est toujours plus costaud que moi, mais je n'ai pas peur de lui. Je suis effrayé par ce qu'il a fait et qu'il avoue silencieusement en m'engageant à le suivre.

Nous arrivons dehors, marchons au hasard des rues, toujours sans un mot. Je romps le silence : « Pourquoi Moshé ? », sur un ton sec.

Janvier 1989

Nous sommes réveillés avant l'aube. Dans quatre heures nous devons embarquer sur le vol régulier. Nous prenons les armes, nos maigres bagages, et le faux passeport pour notre futur prisonnier.

Nous avions réservé une voiture de location la veille. Nous en prenons les clés à la réception. Une vieille voiture cabossée. C'est sans importance pour ce que nous avons à faire.

Moshé monte côté passager, je conduis. Je me dirige vers le quartier cible. Tous les matins notre individu effectue une promenade, suivant le même parcours. Il est accompagné en permanence par quatre gorilles. Cela ne nous perturbe pas.

Je roule doucement, inutile de me faire arrêter pour excès de vitesse. Notre point d'impact approche. Je sais que tout va aller vite.

Moshé prépare la seringue, contenant un puissant analgésique. Je me gare, rangeant l'automobile dans une position telle qu'elle est prête à partir en marche avant. Je ne coupe pas le contact, risque à prendre de se la faire voler. Mais c'est un risque nécessaire, pas de temps à perdre avec un démarreur, pour peu que celui-ci ne fasse des siennes de manière imprévue. C'est pour cela que l'on a loué une vieille guimbarde, elle attise moins la convoitise des voleurs.

Notre homme approche, encadré par ses gardes du corps. Il est âgé et paraît inoffensif. Pas les quatre gus qui l'entourent.

Moshé sort de l'automobile comme propulsé, moi également. Je neutralise les quatre costauds par une technique de combat rapproché bien éprouvée. Ils sont au sol en moins d'une minute, en silence. Suffisamment abîmés pour ne plus nous causer de soucis. Pendant ce laps de temps, Moshé, en toute confiance, s'est approché de notre individu. Il lui a planté l'aiguille à la base du cou, dans une jugulaire, et actionné le piston de la seringue pour faire écouler le liquide sédatif.

Il est entre nos mains maintenant, nous n'éprouvons aucune difficulté à le faire monter dans la voiture. Le sédatif est prévu pour l'assommer, pas trop longtemps, il doit tenir debout à l'aéroport et faire bonne figure. Mais le produit est fait pour ça, il va être dépourvu de toute volonté, il nous suivra sans heurts.

Moshé cette fois-ci monte côté conducteur, je reste sur la banquette arrière avec notre captif.

La route défile pour aller à l'aéroport. Mais brutalement Moshé freine et prend un virage serré qui nous emmène sur un chemin cahoteux.

Que se passe-t-il, un obstacle ? Je ne vois pas bien de derrière.

Moshé stoppe la voiture, descend. Je m'empare de mon arme, s'il s'est arrêté ainsi c'est que l'on est en danger. Autant s'y préparer et vite.

Il fait le tour de la voiture et vient ouvrir la portière arrière de mon côté. Il a l'air calme. Je descends arme au poing. Il n'y a personne aux alentours !

Alors Moshé me regarde d'un air calme et me dit froidement :

— On n'a qu'à le liquider ici, ce sera plus simple !

— Tu plaisantes ! On doit le ramener en vie. Il va être jugé en Israël !

— Je me moque qu'il soit jugé, il est coupable, on n'a qu'une chose à faire, le liquider et l'abandonner ici !

— Ce n'est pas notre mission Moshé, merde, tu pètes les plombs ou quoi ?

— Non, ce type est un monstre. Rappelle-toi ce que disait mon père, il ne faut pas se laisser faire. Flinguons-le, un point c'est tout. Ce n'est qu'une ordure ce type. Il a tué des milliers de Juifs ! C'est toi qui délires Elisha, on n'a qu'à lui coller dans la cervelle la balle qu'il mérite ! Ça nous épargnera un procès !

— Hors de question Moshé, notre mission est de le ramener vivant, et je t'assure qu'il le sera à l'aéroport de Tel-Aviv !

— Ne fais pas chier Eli, on le descend un point c'est tout !

— Non, pas question, on s'en tient aux instructions. Remonte dans cette foutue bagnole et roule jusqu'à l'aéroport !

— Tu rigoles, je n'ai pas besoin de ton autorisation pour lui flamber le crâne à ce bourreau !

Et il prend son arme dans sa poche. Il a déjà retiré le cran de sûreté. Il ne blague pas, il va vraiment le fumer !

— Tu déconnes Moshé, ne fais pas ça !

— Tu veux m'en empêcher ?

Il se retourne vers moi, lève son autre poing pour l'abattre sur mon crâne. J'esquive, lui flanque un coup de pied dans le ventre. Il est soufflé, mais tient debout. Solide le gaillard, comme toujours. Il reprend vite ses esprits, se rue sur moi. J'essaie de me dégager. Il me cogne dans le plexus. J'étouffe, ma vue se brouille. Instinctivement je lui assène un coup de coude dans les parties, puis un grand crochet sous le menton. Je me redresse, nos armes sont tombées à terre. Je lui assène deux autres coups violents. Il est KO.

Je le monte dans la voiture, allongé au sol. Il gémit de rage. Je démarre sur les chapeaux de roues. Direction l'aéroport. On va la terminer cette mission.

Moshé ne peut plus rien faire dans l'aéroport. Il a recouvré sa conscience, mais il fulmine. Il me déteste.

Nous montons dans l'avion sans encombre, les douaniers prennent notre captif pour un vieil homme fatigué, ce que nous confirmons, en insistant sur le fait qu'il est sourd et ne parle plus beaucoup.

Le trajet retour se fait dans le silence. Moshé me regarde en coin. Son ecchymose au niveau du menton commence à enfler.

Il me dit dans un murmure « Tu aurais dû me laisser faire. Traître, plus question que tu m'adresses la parole. J'ai été ton frère, tu as eu mes parents pour t'accueillir et tu nous trahis en laissant cette ordure en vie. Nous devions venger les nôtres. Tu ne vaux plus rien à mes yeux ! »

Je n'ai rien à répondre.

À l'aéroport, une délégation nous attend. Du bon boulot nous affirme-t-on. Un supérieur regarde le menton de Moshé, mais ne dit rien, il sait qu'il peut y avoir de la casse dans ce genre de tâche.

Nous rédigeons un rapport de mission, je n'indique pas l'incident entre Moshé et moi. J'ignore ce que Moshé a mis dans le sien. Nous ne nous reparlerons plus jamais désormais.

Je décide de quitter l'armée et de repartir en France, vers une nouvelle vie. Las de toutes ces guerres, soudain seul dans la vie. Je n'ai plus d'ami, plus de famille.

Vendredi 16 juin 2006

Moshé me regarde. Il attendait ce moment. Il répond :

— Te souviens-tu notre dernière mission ensemble ?

— Bien sûr je m'en rappelle !

— Tu m'as empêché de faire ce que j'avais à faire !

— Quoi, être juge et bourreau ? ! Tu as appris les commandements comme moi Moshé, Lo Tizra, tu ne tueras point !

— Et celui qui dit que celui qui a tué doit mourir ? Tu en fais quoi ? Tu as laissé la vie à un type qui avait décimé notre peuple !

— Ce n'était pas à nous de le juger ! Notre job était justement pour qu'il le soit dans un tribunal. Tu ne pouvais pas te substituer aux magistrats, tu n'es pas non plus la main divine qui doit effectuer les punitions. C'est pour ça que je t'avais cogné, pour t'empêcher de faire n'importe quoi. Tu m'en as toujours voulu depuis, je ne pensais pas à ce point-là !

Un long silence s'installe. Je reprends :

— Pourquoi as-tu tué ces vieillards ?

— Par vengeance. J'ai réussi à récupérer des fichiers sur les anciens collabos, je m'en suis servi pour leur régler leurs comptes.

— Oui, je sais comment tu as fait, tu t'es servi d'un ami pour obtenir ces renseignements. Tu lui avais sauvé la vie, mais tu ne pouvais pas lui mentir et lui voler des fichiers !

— Toujours aussi parfait Elisha ! Peu importe la méthode, ce qui compte c'est l'objectif.

— Alors pour faire justice on peut devenir pire criminel que ceux qu'on juge ?

— Cesse tes leçons de morale ! Ils avaient dénoncé des Juifs, nos ancêtres sont morts par leur faute. Ils méritaient d'être tués.

— Et tu es le bras armé de la vengeance ?

— Il faut bien que quelqu'un s'en charge, personne n'en a le courage !

— Ou la folie. Tu es fou Moshé !

— Peut-être, mais pas impassible devant ce que notre peuple a subi !

— Moi non plus, ce n'est pas une raison pour flinguer à tout va ! Et puis, es-tu sûr de tes renseignements ? Es-tu certain qu'ils étaient tous d'anciens collabos ?

— Peu importe. Ceux qui ont dénoncé sont coupables, ceux qui n'ont rien fait pour l'empêcher le sont aussi ! Tu le sais, mon père le disait, tu n'as donc pas appris à son contact ?

— Pas les mêmes choses que toi. Ma façon de lutter est de ne pas oublier, et de faire en sorte que les futures générations n'oublient pas non plus. Pas de tuer des vieillards, qui pour certains ne savaient pas ce qu'ils faisaient à l'époque et ont éprouvé des remords par la suite !

— La belle affaire, les pauvres, ils ne savaient pas qu'ils dénonçaient ! Et ils ont mal dormi depuis qu'ils ont compris ! Il n'y a aucune excuse à ce qu'ils ont fait !

— Il n'y en a pas non plus à ce que toi tu as fait !

De nouveau le silence. Et de nouveau c'est moi qui le brise :

— Pourquoi avoir tué dans ce coin, il y avait des collabos partout en France ? Et pourquoi des patients à moi, du moins pourquoi laisser mes ordonnances à côté d'eux ?

— Pour te punir de m'avoir déçu le jour où l'on aurait pu accomplir notre destin. Pour ternir ton image. Je pensais que tu perdrais tout, que tu serais suspecté, que tes patients ne voudraient plus de toi comme docteur !

— Pourquoi me haïr autant ?

— C'est à cause de toi si j'ai été viré de l'armée, le seul endroit où je pouvais réaliser ce pour quoi j'étais fait, lutter contre les ennemis de notre peuple !

— Comment ça à cause de moi ?

— Tu as fait un rapport de notre mission. Peu de temps après j'ai été viré !

— Je n'ai jamais rien dit à personne de ce qui s'était passé ce jour-là, espèce d'idiot !

— Alors qui ? Pourquoi m'a-t-on flanqué à la porte ?

— Tu oublies qu'il y avait un troisième homme avec nous, il a été interrogé par la suite. Et il n'était déjà plus endormi quand tu t'étais arrêté sur ce chemin !

— Peu importe, tu m'as empêché de faire ce que j'avais à faire. Je l'ai fait depuis, et je voulais te le faire payer !

— Un prix bien cher, tant de morts pour assouvir ta vengeance !

Il a envie de me cogner, je le sens, mais quelque chose le retient. Peut-être toutes ces années passées ensemble. Peut-être qu'il sait qu'aucun de nous deux ne ressortira intact d'un affrontement. Il est fort, je suis déterminé.

Alors il ne bouge pas. Il demande :

— Que vas-tu faire maintenant, me dénoncer aux flics ?

— Je ne l'ai pas fait la première fois, je ne le ferai pas cette fois-ci non plus. À toi de décider de ton châtiment. Mais n'oublie pas cette phrase la plus sage que je connaisse : « N'oublie pas d'où tu viens, où tu vas, et surtout devant qui ! ».

Je l'observe en silence. Je vois dans ses yeux qu'il a perdu sa bataille. Il est perdu, mais reprend vite le dessus. Je vois dans ses yeux qu'il va faire ce qu'il y a de plus juste.

Il s'en va en me disant « Adieu Elisha, peut être à un de ces jours ». Son ombre disparaît dans la nuit.

Épilogue

J'ai retrouvé mon foyer, mon enfant si précieux et ma femme si compréhensive. Elle n'a pas posé de questions sur le soir où je suis parti. Elle ne pose pas de questions, me fait confiance.

Dans les journaux locaux, que j'ai lus les jours suivants pour une fois, il y avait un entrefilet :

« Un homme a été retrouvé mort dans une rue près de la synagogue. Il portait la tenue traditionnelle juive. Selon les premiers éléments de l'enquête, il se serait suicidé avec une arme appartenant à l'armée israélienne. Des témoins l'auraient vu sortir de la synagogue, accompagné d'un autre homme du même âge. Des recherches sont lancées pour retrouver cet homme. Suicide ou meurtre, l'enquête devra le déterminer ».

Rien de plus, mais je sais que les premiers éléments de l'enquête ont raison. Les supputations qui suivent sont pure fantaisie.

Adieu mon frère. Même si l'on n'est pas dix, je réciterai un Kaddish pour toi. Repose en paix.

Je m'apprête à partir au travail quand la sonnerie du téléphone m'interpelle. C'est la gendarmerie, ils ont quelques questions à me poser sur la mort d'un homme près d'une synagogue…

Table des matières

Cet ouvrage a été édité par la
Société des Écrivains,
14, rue des Volontaires – 75015 Paris
Tél. : 01 53 69 65 33 – Fax : 01 53 69 65 27
www.societedesecrivains.com
info@societedesecrivains.com

Imprimé en France

Toutes les recherches ont été entreprises afin d'identifier les ayants droit. Les erreurs ou omissions éventuelles signalées à l'éditeur seront rectifiées lors des prochaines éditions.